长安往事

◎ 雷诺一曼　著

天津出版传媒集团
百花文艺出版社

图书在版编目（CIP）数据

长安往事 / 雷诺一曼著 . -- 天津：百花文艺出版社，2023.3
ISBN 978-7-5306-8484-9

Ⅰ . ①长… Ⅱ . ①雷… Ⅲ . ①长篇小说—中国—当代
Ⅳ . ① I247.5

中国国家版本馆 CIP 数据核字（2023）第 027973 号

长安往事

CHANGAN WANGSHI

雷诺一曼　著

选题策划：王　欣　　**责任编辑：**刘佩莲
特约编辑：王阿林　赵洁如　　**装帧设计：**人文在线
出版发行：百花文艺出版社
地址：天津市和平区西康路 35 号　**邮编：**300051
电话传真：+86-22-23332651（发行部）
+86-22-23332656（总编室）
+86-22-23332478（邮购部）
网址：http://www.baihuawenyi.com
经销：全国新华书店
印刷：三河市龙大印装有限公司
开本：880 毫米 ×1230 毫米　1/32
字数：135 千字
印张：8
版次：2023 年 3 月第 1 版
印次：2023 年 3 月第 1 次印刷
定价：59.80 元

如有印装质量问题，请与三河市龙大印装有限公司联系调换
地址：河北省三河市洵阳镇兰各庄村
电话：（0316）3655788
邮编：065299

目　录

CONTENTS

第 1 章　梦想落空

十八年的寒窗苦读终于要翻篇，在叶梦影人生最特殊的日子里，迎来了一场百年不遇的大暴雨。遮天蔽日的雨势来得突然走得迅速，这是黄土高原极为罕见的气象。

6 月 8 日下午，高考的最后一场考试结束。雨后放晴，彩虹辉映着湛蓝的天空发出万丈光芒。考生们络绎不绝走出考场，学校大门外，已是一片人山人海。

校园广播里的 *One Man's Dream* 再次响起，触景生情的叶梦影一时间没绷住，眼眶渐渐湿润。她如释重负松了口气，却没有着急离开。

叶梦影刻意放缓脚步走在校园里。望着学校里的一草一木，她心中泛起了恋恋不舍之情，回忆如同潮水般翻涌。

在这个高中校园里待了三年，奋斗了三年，这里曾经是她梦想的起点。她曾在书山题海的教室里埋首苦读，也曾在颁奖台上壮志凌云地分享喜悦……

高中校园留下了她太多太多的回忆。现在想到突然要和母校告别，叶梦影除了有不舍之外，也有几分伤感。

走出校门之后，她含泪回望着平常并不起眼的大门，在心中和母校作了一个冗长的告别。

辗转几趟班车后，叶梦影回到了家，到家时，已经是傍晚 7 点多了。这个时间的西北农村，太阳尚未完全下山，远处残阳如血。

叶梦影放下书包后，母亲刘素香赶紧迎面走来，迅速问道："影子，考得怎么样？"

"还好吧。"叶梦影简单敷衍了过去，便往屋里走。

刘素香暗自惊喜："还好，就是不错的意思。你考个好大学，以后就能找个好工作。这个家就要靠你了。"

叶梦影的高考成绩还没下来，刘素香就开始描画着心中的美好蓝图。对，没错，她的美好蓝图是建立在剥削自己女儿基础上的。

虽然说刘素香也见过些世面，陪叶青山经常在外面跑货车，可是她思想浅薄传统，十分爱攀比，总觉得女儿是泼出去的水。

按照刘素香重男轻女的思想，她原来是打算竭尽全力供养儿子的。奈何儿子叶志强烂泥扶不上墙，压根就不是读书的料。退而求其次，刘素香只能供养女儿读书。

供叶梦影读书也不是为了培养她，而是想等叶梦影以后有出息，有能力扛起这个家庭的所有。刘素香已经把未来家庭的兴旺，全部押在了叶梦影的高考成绩上。

叶梦影听到母亲的话后，心里很不是滋味，有委屈，也有难受，好在她已经习惯了。她很快收敛心绪，开始着手弄晚饭。

她的父亲叶青山在外面跑货车，这会儿没在家，家里只有三个人吃饭。所以晚饭弄得十分简单，一盘凉拌青椒黄瓜和一些馒头，但胜在味道不错。

在饭桌上，刘素香的嘴巴也没闲着，一个劲叽叽喳喳。

“影子，妈和你讲啊，这回你上大学，可是要给咱们家把气争了。你将来学出来后，咱们家就能翻身了，以后你弟也跟你有指望了。”刘素香笑眯眯说着。

“就是，妈说得对！”叶志强在一旁附和道。

叶梦影听了，更觉得不是滋味。她父母的眼里全是利益，从来就没有真正为她的前途考虑过。

她心中苦笑几声，闷着头，胡乱夹菜到碗里，慢慢咀嚼着。明明味道还不错的菜，她硬是咀嚼出了一种苦涩味。

家庭氛围向来如此，她又能怎么办呢？好在眼下，她已经高中毕业了，不再是任人摆布的木偶。她有能力为自己的未来规划一片天空。等高考成绩下来后，她就能去崭新的世界里展翅翱翔了。

她心心念念的是法学，将来能成为一名心健身正的优秀律师。虽说母亲一直想逼迫她学师范，但填志愿的笔，握在她自己手中。她填报了复旦大学法律系，并且相信自己一定能考上，所以选择了不接受调剂。

既然心中已经有了这个坚定的计划，叶梦影在饭桌上，也就不会反驳她母亲半句。到时候一切成定局，父母就算反对，也无可奈何了。

叶梦影默默隐忍着。一路走来，她艰难地隐忍了这么多年，只为有一天，能完成完美的人生蜕变。

叶梦影心不在焉地吃完晚饭，收拾完桌子和灶台，又冲了个凉水澡，便回房间休息了。躺在床上后久久无眠，在幻想着未来的大学生活。

大学生活肯定是青春飞扬、多姿多彩、充实又有意义的。

叶梦影从小到大，都生活在贫瘠的西北地区。这里交通闭塞，封建思想严重。她最大的梦想，不是去外面的世界闯出一片天地，而仅仅是能够离开这个贫穷落后的地方。而如今，随着高考结束，这个梦想离她越来越近。想到这里，叶梦影的唇轻轻扬起一个好看的弧度。

接下来的几天里，叶梦影不像其他考生，考完之后，就能得到放松了。她依然在忙碌着，只是不用奋斗在书山题海中，而是在地里辛勤劳动着。

父亲不在家，地里的农活几乎都压在了她和母亲身上。

天气炎热，已经到了挥汗如雨的时间段。叶梦影顶着大太阳在地里干活，即使大汗淋漓、腰酸背痛，她也没叫苦喊累，而是依然坚持着。因为有梦想在鼓舞着她，她干劲十足。

一些亲戚听说叶梦影高考完之后，都赶着来祝贺。在他们心中，叶梦影是顶级学霸，一定能走出山里，创造麻雀变凤凰的神话。

亲戚们赶紧给叶家送礼物，送鸡蛋、罐头之类的。在贫困的西北山区，这些都是非常珍贵的东西。按照本意，叶梦影也是不愿接受的。但，她的母亲通通来者不拒。

亲戚朋友把她捧得很高，叶梦影从来不在乎别人的想法，她只有一个念头，那就是走出这个封建落后的山村。

梦影从小成绩就好，加上叶青山跑货车，经济来源稳定，一路顺风顺水读到高中，比起那些初中还没读完就去南方打工的小姐妹来说，算得上是运气好了。

正当叶梦影对未来怀揣着满满希望时，一条消息犹如惊雷一般，狠狠砸在她身上。压得叶梦影几乎喘不过气来。

高考成绩出来了。在先填志愿、再出成绩的高考制度下，作为全年级超级霸主的叶梦影，以低于复旦大学4分的成绩落榜。

在这个教育条件和沿海城市差距甚大的西部农村，十多年才会出现一个能考上北大的传奇学生。补习班对叶梦影来说是在电视里才能看见的，她的复旦大学目标算是耀眼明珠了。

落榜的打击使叶梦影崩溃到几乎绝望，五脏六腑都充斥着一股疼痛感。高考的失利，让她的人生一瞬间陷入了黑暗中。她是穷苦出身的孩子，除了靠高考走出贫瘠的地方外，已经没有其他出路了。

不，准确地说，是叶梦影完全没有其他出路了。她只能靠高考来改变命运，只能靠高考来摆脱这个重男轻女的家庭。然而刹那间，她所有的希望都被吞噬了。

叶梦影把自己关在狭小的房间中，以泪洗面。她不甘心这么多年的寒窗苦读，换来的居然是落榜的结果。

她像一只可怜的乌龟一样，缩在龟壳中，不敢去面对现实，不敢去面对阳光。

父亲叶青山跑货车回来，听到叶梦影落榜的消息后，阴沉着脸，一言不发。虽然是炎炎夏天，但叶青山脸上却挂满寒霜冰雹，冷得让人害怕。

叶青山和刘素香一样，把家族兴旺的重任全部寄托在叶梦影身上。现在叶梦影高考失利，意味着他们家几乎没有翻身之日。

叶青山又恨又气，直接踹开叶梦影的房门。根本就没考虑叶梦影的痛苦，开口斥责："你到底考什么？不是一直成绩很好吗？关键时刻掉链子，现在高考落榜，你对得起谁啊？"

"这个家为了供你念书，已经欠了人家一屁股债了。你再看看咱们村里别人家的娃，哪个不是早早打工挣钱去了，咱村就你一个考上了市一中这个好学校，我们砸锅卖铁花钱供你，就指望着你有出息考上大学，现在你就这样？"

叶青山脖子上挂着个毛巾，双手叉腰，脸色犹如黑云密布一般。如果说高考的失利，已将叶梦影压得喘不过气了，那么父母的不理解和冷嘲热讽，就直接快让叶梦影崩溃了。

极度不甘心的叶梦影在反复思考之后，鼓足勇气将自己的内心想法说出来："爸，妈，我想复读。我和复旦只差了 4 分，只是临场发挥失常。再给我一次机会，一定可以考上的。"

叶青山当场拒绝了叶梦影的请求："你还复读什么？万一下一次还考不上又浪费时间又浪费钱，还有可能没这次考得高，一点都不划算。我们不会再花钱供你，你读个普通师范大学也挺好，毕业了可以当老师，吃公家饭，还能找个好婆家……”

弟弟叶志强平常吊儿郎当，这一大一小的姐弟，虽说年纪差得不多，脾气却是南辕北辙。一个文静内敛，另一个却活泼跳脱，甚至还养出了几分与村庄格格不入的骄纵来。

虽然平常也见过父母无数次数落叶梦影的场景，但到了现在这种情况，叶志强也看不下去了。

“爸！”他扯过梦影，将父亲推搡出屋外。皱着眉头喊了一句。

叶志强因为满嘴跑火车的脾气和低迷的成绩不止一次挨过打，此时没有母亲站在旁边护驾，面对怒火正炽的父亲，他虽然嘴里喊着爸，心里其实一点底气都没有。

叶青山仔仔细细扒拉了一遍叶梦影的人生，想从女儿灰暗的人生中找出一点未来希望。

万念俱灰的叶梦影，和父母冷战了半个月。因为父母的执拗，她不得已放弃了复读的念头。

就连叶梦影最好的朋友刘聪娟都不理解她，一直劝说着她：“影子啊，我们又不是有钱人家的孩子，复读根本读不起。读个师范不是挺好的吗？以后出来有稳定的工作，还能陪伴在父母身边尽孝。”

叶梦影一直把刘聪娟当最好的朋友，有什么事都和她倾诉。她原以为刘聪娟会站在她的角度来思考问题，却没想到，最好的朋友居然是这番言论，这让叶梦影的心又凉了一截。

而这时，叶梦影的人生中出现了一个人，这个人便是她当年的高中学长李远。李远比叶梦影高一年级，两人当初虽然同校，但其实并不是很熟。不过李远听过叶梦影的大名。

在李远印象中，叶梦影长得非常秀气，又才华横溢，是学校明星级别人物。

李远知道叶梦影今年高考，趁着暑假回家时，特意询问了叶梦影高考情况。当得知叶梦影高考失利后，李远一直安慰她，声音温柔，态度耐心。

“你成绩那么优异。这次高考失利，应该是临场发挥失常。再复读一次，肯定能成功。”

“当然，读大学也不会将你的人生完全定格。未来还有很多种可能。你可以转系，甚至可以考研、出国深造等等。你一定能看到更广阔的天空。”

李远冲着叶梦影微微一笑，笑容中满是鼓励和期许。这让陷入沉寂的叶梦影，感觉到了太阳般的光辉。

两人年纪相仿，又都很有才情，叶梦影与李远相谈甚欢，渐渐熟络了起来。

第 2 章　向家庭妥协

叶梦影和李远家虽然在不同的县，但也离得不是很远。李远知道叶梦影情绪低落，这段时间以来，有空就会去找叶梦影。

叶梦影很喜欢和李远交谈，在她心中，这个高大帅气的学长有才华有能力，又耐心温柔，眼光格局非常开阔。李远身上的优点是同村同龄人所不具备的。

在和李远交谈的过程中，叶梦影收获颇多。而李远也十分爱和叶梦影交谈，渐渐地，两人引为知己。因为李远的出现，叶梦影脸上的愁云逐渐退去，她心情开朗许多。

虽然她还没有彻底从高考失利的阴影中走出，但对未来已经有了一个明朗规划。

李远本想继续陪叶梦影谈心，不过他为了赶上最后一趟回家的班车，不得已同叶梦影道别。临走时，还送了两本书给叶梦影。

叶梦影对李远的离开虽然很不舍，不过女儿家的矜持，让她没有把自己的心情如实说出来。

李远离开了，不过他说的那些富有哲理的话，已经深深烙在了叶梦影心中。

叶梦影思忖再三，还想再搏一搏，于是又鼓起最后的勇气，和父母说起了复读的事情。不出意料，她的这一想法又遭到了叶青山夫妇的果断拒绝。

这一次，叶梦影倒是平静了很多。可能因为李远的话，无形中给了她很多力量吧，让她心智变得更加坚韧成熟了。

叶梦影知道说不动父母了，她便做好去上个普通大学的打算。然而眼下摆在她面前的，还有一个特别棘手的问题。

她当初高中成绩极其优异，一心想着自己一定能考上心仪大学。所以填志愿的时候，信心满满地选择了不接受调剂。谁能知道，当初的自信这会儿竟然成了选择路上的绊脚石呢？

叶梦影已经没有资格，去选一些稍好的学校，以及稍好的专业了。她只能接受等待好的学校都被挑选完之后，被安排去那些剩下的生源不够的普通学校了。

“影子，你也别这么愁眉苦脸的。你想想在这个村里和你一样年纪的女娃娃，有几个能读高中？更不要说读大学了。你也该知足了。”叶青山坐在门口的板凳上，一边抽着烟，一边低声道。

叶梦影高考失利，叶青山本来是怒火中烧的，因为他寄予厚望的一棵摇钱树还没为家里带来任何金银财宝，就这么无端折腰了。

不过这两天，叶青山听了邻居一番话，有些释怀了。觉得女儿找个师范院校读读也不错，以后出来当老师，也算有个稳定工作。眼光再好点，找个条件好的男人嫁了，家里都能鸡犬升天了。

正是基于这些，叶青山才开始对叶梦影和颜悦色了点。

叶青山的话，并没有给叶梦影带来任何安慰。相反，她在心中一直冷笑着。作为女儿的她，又怎么会不了解自己父亲的性子呢？她早就清楚父亲的算盘了。

叶梦影只是看破不说破罢了。

叶青山苦口婆心说了一堆，见女儿毫无反应后，回过头来定定看着叶梦影："我刚才和你说的话，听进去了没有？你去读个师范，直接连工作都不愁了。"

话说到这里时，叶青山想起叶梦影几次三番想要复读的决心。他开始加大分贝，冷冷叮嘱着："你别给我要什么心眼！我先把丑话说在前头，上大学的机会我可是给你了！你要是不想念，我就当你放弃了，你以后不要怨我。"

叶梦影低垂眉眼，目光一片黯然，过了好一会儿，她才缓缓说道：“我会去读大学的。”

她之前和李远谈话那么久，从李远口中知道了转系和考研相关的知识。叶梦影也明白，就算她高考失利，去读了不怎么好的大学，但未来还是有很多翻盘机会的。

如李远所说，人生是瞬息万变的，只要抓住机会，还是可以逆袭成功的。

李远的话，不仅让叶梦影增长了见闻，也让她心胸开阔了许多。这也就是她今天能接受父亲一番言论的主要原因。

不久后，叶梦影收到了海南师范大学的录取通知书，这张并不算惊艳的入场券，让很多考不上大学的学生羡慕。而叶梦影却心凉如水，不过讽刺的是，这正巧圆了叶青山夫妇的梦。

埋首苦读的高中三年，终于以一纸平淡而真实的通知书落下帷幕。虽然结局让人遗憾，但无论如何，也是为她这三年的求学生涯画上了一个句号。

暑假期间的叶梦影也十分忙碌，白天要干各种农活，晚上还要就着并不怎么明亮的灯光，去阅读李远送的两本书。

叶梦影就在干活和读书间，度过了整个高三暑假。

很快到了大学报到时间。在开学前几天，父母怕叶梦影临时生变，就赶紧催着她收拾行李。说一家人刚好借着这个难得的机会，去外面游玩几天。

最终还是胳膊拧不过大腿，叶青山夫妇看到女儿要去读大学，欣喜万分。死抠的夫妻俩，这次破天荒大方了一回。

去学校报到的时间是父母定的，大包小包的行李物品也是父母挑选的。整个过程，叶梦影都像傀儡一样被父母牵扯着，什么事都做不了主，只能跟着父母坐上由村里去往西安的大巴。

西安历史悠久，是十三朝古都，在整个西北地区占有着极重的分量。哪怕叶梦影的父母再没有见识，也想去西安看看世面。

以前想去，抽不出时间，也没机会。刚好这次趁着在西安转车之际，可以有几天时间，领略西安的风土人情。

一家人坐上大巴车，行驶在去往西安的高速路上。夕阳西下时，透过窗户的反光，叶梦影看到了父母脸上的喜悦之情，以及弟弟憧憬的眼神。可她自己，却半点也高兴不起来。

她无力地靠在座椅上。眼睫轻垂，清澈迷离的双眸，此时已黯然失色。她眼睛里夹杂着太多复杂的情愫，不能一一道尽。

大巴车快速行驶着，她的思绪也跟着翻飞起来。所有回忆一幕幕涌上心头，有儿时在外婆家长大的记忆，也有和小伙伴在麦田里的欢声笑语，还有上学路上孜孜不倦的回忆……

这些都是青春啊，而如今，她要踏入另外一个陌生的地方，跟那些青春岁月挥手告别了。她即将迎来新的人生。

大巴车行驶了五个小时，终于把他们一家人从贫瘠荒凉的小镇，带到了繁华的大都市。

城市川流不息的人群车流，以及闪烁的霓虹灯光，让叶梦影的父母和弟弟，一时间惊叹不已。三人被琳琅满目的东西闪花了眼。唯有叶梦影一直提不起兴致来。

按理来说，对于一个十分想挣脱贫穷山区改变命运的女孩子来说，叶梦影来到繁华的大都市，应该无比开心才对。可是她却莫名失落。因为有着与父母截然不同的理念，使得叶梦影的第一次都市之旅，索然无味。

叶梦影才情纵横，来到西安这个古都之后，她想去那些博物馆和遗迹看看，想感受古城西安的厚重历史。然而，她的父母却不是，偏偏要去各种商场逛。

叶梦影是不可能说动父母的。她原来打算着父母去玩父母的，她去逛她的，互不打扰。只是这一想法说出后，立刻遭到叶青山的反对。

“这像什么样子？我们这做父母的，好不容易来大城市一趟。你就不能好好陪陪我们？”

父亲的话一出口，堵得叶梦影说不出话来。她只好点头答应。虽然全程都在陪同，可叶梦影知道自己的心情十分压抑。她真成了一个完完全全的傀儡，没有思想，没有主见。

城市的灯红酒绿，没有点亮叶梦影沉寂的心情。唯一让她稍觉安慰的是，西安是李远学长所在的城市。李远的梦想会在这座城市生根发芽，散发出璀璨的光芒来。

走在西安的街头，叶梦影不由得想起了李远，这个有着灿烂笑容和帅气外表的优秀大男孩。

叶梦影的心，轻轻颤抖了下。

每走一个地方，她都觉得似乎有李远的陪伴。

因为李远的存在，叶梦影的心得到了许多宽慰。不再觉得西安之行是索然无味的。这座城市给了她特殊的情感。

带着这样的心情和想法游玩，叶梦影的脸上，第一次露出罕见的笑容来。

在西安游玩了几天之后，一家人开始了转车之旅。在父母的陪伴下，叶梦影坐上了从西安开往海南的绿皮火车。火车速度很慢，让人很疲倦，颠簸了两天多之后，总算到达海口。

海南地处祖国最南端，与叶梦影从小生活的西北地区，相隔十分遥远，风土人情、饮食习惯也截然不同。叶梦影仅在中国地图上见到过海南岛。

想到自己未来四年的大学生活，会在这个如此陌生而遥远的地方开启，叶梦影的心情有些复杂。

第 3 章　别人的心花怒放

大学是每一个学生种植梦想的新天地，也是学子们扬帆起航的新征程。开学第一天，校园里格外热闹，来自五湖四海的学子齐聚一堂。学校的每个角落，都洋溢着青春气息。

阳光从密密层层的枝叶间透射而下，地上映满铜钱似的大大小小的光晕。知了的鸣叫声此起彼伏，如同一阵阵美妙动听的音乐。

微风吹过，湖旁的椰子树轻舞飞扬，像婀娜多姿的少女。波光粼粼的湖面，倒映着金灿灿的光辉。多么美丽的画面。

大学校园内的景致确实很美，可叶梦影却无心欣赏。她拖着行李，走进师范大学内。心中并没有多少激动之情，相反，越是亲眼看见了学校景象，她越觉得失望。

当年在高中学校，她的学业一直是独领风骚，成绩极其耀眼。从进高中校门开始，叶梦影就把自己的目标定在考取复旦大学上。现在这个目标落空了，她整个暑假一直在黯然神伤。

原以为有李远的各种安慰，她能释怀很多。可是当踏入这所陌生又不起眼的师范大学，身临其境时，叶梦影那些匿迹的忧伤，又缓缓爬上心头。

这所普通师范大学，无论是教学设备还是景致，又或者是学生素质，远远无法和复旦大学相提并论。当两所学校以一种鲜明的对比呈现在叶梦影脑海中时，她心中的不甘更加强烈。试问这样的她，怎么能开心得起来？

叶梦影心中像是绑着一块石头，越来越沉重。

父母的心情恰好和她相反。虽说女儿没有考上一流名校，叶青山夫妇当时确实有怨言，不过海南师范大学毕业的学生，一出来就可以当老师，教师行业是非常吃香的。因此这所师范大学倒也让叶青山夫妇很满意。

“这学校面积真大，风景真好，比咱们市里的陇东学院能大好几个。影子四年能在这里上学，也很不错。”叶青山赞不绝口道，“还有假山、人工湖泊。快看快看，这湖上还有美丽的，哦，那是水鸟吧？”

刘素香解释道：“这不叫水鸟，叫天鹅。”

“哦，对，对。天鹅。”叶青山赶紧附和道，一直笑着，

“来到这大学校园就是好，还长见识。”

叶青山从没进过一所像样的大学校园。今天，他可见世面了。

不仅叶青山夫妇开心，叶梦影的弟弟叶志强也颇为激动。

“姐，我现在可真羡慕你哩。能在这么好的大学里念书。”

叶梦影淡淡应了一句：“嗯。”

她知道自己家人眼光十分有限，总觉得海南师范大学已经很好了，可倘若他们真正到复旦大学游览一次，一定不会发出这样的言论。

“影子，你现在来到这所师范大学，就要好好学习，争取毕业之后，有份稳定好工作。听到没有？你现在开始要收心了，别整天胡思乱想。你读了那么多年书，也算有文化。比我这当妈的更懂既来之则安之的道理吧。”

所谓知女莫若母。看着女儿脸上那半死不活的表情，刘素香也是知道原因所在的。

“是啊。你妈说得没错。”叶青山此时心情大好，说话态度也比平常柔和了不少，“现在，我们也算把你安全送到学校里来了。等会儿，再帮你把宿舍收拾好，我们一家人去学校附近逛逛。”

“妈，你们去玩吧。行李又不多，我一个人能收拾好。”叶梦影实在兴致寥寥。她觉得自己孤寂的心情与她家人的激动兴奋之情，格格不入。

她也不愿去破坏一家人的好兴致。

叶梦影这话一出口，成功点燃了刘素香心中怒火。

不过想着今天是喜庆的，也就忍耐下来了。

“天气这么热，你一个人收拾多辛苦，还是我们来帮你吧。一家人一起上，三下五除二就弄好了。”刘素香也并非真心实意想帮女儿收拾，只不过是想在人前给自己博个温柔体贴母亲的好名声。

叶梦影却并不知自家母亲那些心思，以为母亲执意帮忙是出于一片好心，因此也没再拒绝。

一家人拎着行李，朝着叶梦影的宿舍方向走去。

叶梦影的宿舍正对着留学生公寓，对面走来一群黑色皮肤的人，刘素香用眼神示意叶青山，“你看看，咱们家影子这个大学还有留学生呢，多好的学校！”叶青山用异样的眼神一路左顾右盼到宿舍楼下。

叶梦影是最早到来的一个，她果断挑选了下铺位置。打扫完寝室卫生，又铺好席子、凉被以及放置好各种生活洗漱用品。

叶梦影的收拾任务，总算完成了。

“咳，咳，好好学，有什么事情打电话跟爸妈说。”叶青山沉默许久挤出一句。

倒是叶志强，絮絮叨叨了一长串：“你们这大学实在太美了，可惜我八辈子都考不上。什么时候给我找个姐夫，有情况了要给家里说……姐你不能老待在这儿，你得多出去逛逛。”

刘素香这时再次提出了要一家人去附近逛逛的建议。不过，叶梦影还是委婉拒绝了。

“妈，我有些不舒服。我想在宿舍里休息一下，你们去玩吧。”叶梦影这话说的也是实情，初来到海南，她对这里的气候很不适应。西北地区的热是干热，海南的热是湿热，炎热中伴随着一股湿气。衣服黏在身上，整个人都不精神，这就更要人命了。

叶梦影这会儿，脸色潮红，心口闷得慌。

刘素香并不相信叶梦影所说的话，她以为女儿是找借口推托，故意不去。先前刘素香勉强按压住了心头怒火。此刻，叶梦影的委婉话语却像是一根导火索，把刘素香心中的怒火全部点燃了。

“你到底想怎么样？你今天给我说清楚！”刘素香沉着一张脸，朝叶梦影扯起嗓门来。

“家里条件怎么样，你很清楚。我和你爸辛辛苦苦省吃俭用供你上学，你现在还没读出来，就朝我们摆脸色。万一以后你真有出息了，非得各种瞧不起我们吧！就冲你现在这个态度，我们以后还能指望得上你吗？”

刘素香怒气冲冲，继续大声斥责着：“供你读书，就好像欠你的一样。你要是继续再摆出这副半死不活的表情，那么我们现在就带你回家。你也不用读什么大学，刚好省钱了。”

“别以为你考上什么师范学校，就了不起了！”

刘素香骨子里浸染的恶习尤为严重，此刻更是淋漓尽致体现出来，她确实有想把叶梦影带回家的念头。之所以让叶梦影读大学，从来就不是为女儿的前途考虑，只是因为村里出了个大学生，家里有面子，能在那帮亲戚面前炫耀一番。

不过还有一层最为主要的因素是，希望叶梦影读出来有个稳定工作，可以帮助家庭脱贫，可以提携弟弟。

如果叶梦影能顺她的意还好，很明显这个女儿生性叛逆，一点也不听她的话。现在看来，供这样的女儿读大学，非但以后得不到回报，恐怕还会遭受叶梦影的各种怨言。

刘素香可不是吃亏的人，做什么事都精得很，处处精打细算。她现在必须要及时止损！

叶梦影本就心情不好，身体不适，再听到母亲这番咆哮似的冷血无情的话，心中更觉得痛苦委屈。向来坚强的她，一时间也没能忍住忧伤，眼泪从眼眶中滑落。

天气虽说炎热，可叶梦影心底一片严寒。

刘素香动静闹得太大，咆哮声顺着走廊传出。传到了隔壁宿舍中，很多学生闻声而来，挤在509宿舍门口看热闹。

叶青山对叶梦影的态度不冷不热，没有非要让叶梦影读书的想法。只是觉得千里迢迢，来都来了一趟，再加上门外还有那么多人看热闹，要是现在就把叶梦影拖回家，这是非常丢脸的做法。

“不要再闹了，那么多人看笑话呢。你就算不要面子，我的脸往哪儿搁啊？”叶青山把刘素香拉到角落，低声道。

刘素香冷哼一声后，甩手就走，叶青山和叶志强赶紧跟上。家人都走了，只留叶梦影一人面对这尴尬场面。

叶青山夫妇再没过问叶梦影的事，带着儿子风风火火报了个旅游团环岛玩去了。

没有了父母的叨扰，叶梦影瞬间耳根清净。没多久，宿舍室友们陆陆续续来了。宿舍共住着六个女生，大家来自天南地北，如今有缘相聚在一起。于是几个活泼开朗的女生，开始轮流做着自我介绍。

等到叶梦影自我介绍时，她没细说自己家庭情况，只是简简单单说了些以往的学业情况。

在所有室友中，给她印象最深的是一个叫宋海洋的女孩子。这女孩子皮肤白皙，看上去文静可人，身上带着浓浓的书卷气。

仅初见，叶梦影便对宋海洋印象极好。通过交谈，她得知宋海洋也是一个学霸，来自河南，因报考南京大学失利，迫不得已才来到了海南师范大学。

叶梦影听完后，十分惊讶。宋海洋的情况和她何其相似啊！这让她，顿时产生了惺惺相惜之感。

“你会觉得遗憾吗？”叶梦影轻轻询问着宋海洋，在得知对方高考分数还比自己多一些时，她心中更为惊讶。

宋海洋回答着：“说实话，一开始肯定是有遗憾。不过现在已经释怀了。每一种人生都是不同的风景。既然已经来到了这个新的地方，就应该放下沮丧开始新的人生规划。我们试着做努力的蜗牛，或者一直飞的笨鸟，虽然会遍体鳞伤，但总有一天，会站在最亮丽的地方，活出曾经最渴望的模样。”

说完之后，宋海洋还冲着叶梦影笑了笑，脸上洋溢着青春气息。

宋海洋乐观开朗的人生态度，深深震撼着叶梦影。

因为有这样的室友陪伴着，开导着，叶梦影对往事渐渐释怀，又开始对人生有了新的规划和希望。

第 4 章　谋寻出路

叶梦影所在的班级是生命科学院的园林设计一班，这是学校开设的首届实验专业。除了被迫调剂的学生外，但凡成绩优秀的学子，根本没人报考这个专业。

这是学校典型的冷门专业，总共设置了一个班，是用来试水的。师资设备不齐全，全靠东拼西凑而来。授课老师没什么经验，上课时很敷衍。至于学生，也学得糊里糊涂。

叶梦影在班上算是勤奋好学的，每天都预习功课，在课堂上也认真听讲。她时常因为专业问题十分迷惑，特意去请教老师，奈何授课老师自己也懵懵懂懂，压根就不能给出很好的解答方法来。

长此以往，叶梦影对这样的学习环境绝望了。她一心想要在大学里取得优异成绩，谁知道，现实又给了她狠狠一巴掌。

叶梦影的一腔抱负和热血，似乎又被冷水无情浇灭了。

她更觉茫然无措，完全不知道前途在何方。

叶梦影曾经听李远说过，大学可以转系，也可以考研……总之是充满挑战，又特别有趣、丰富多彩的。

在李远的描述下，大学也能改变人的命运，本来叶梦影对此深信不疑。可当她上了几天课之后，发觉现实和李远形容的差距太大，仿佛是云泥之别，以至于叶梦影实在无法接受。

叶梦影会时常回想起高三时全力以赴的自己，那时候的她意气风发，对未来充满无限希望，而不像现在这般踌躇。

对于学校的失望，以及对于自身所发生的变化，都让叶梦影十分惆怅，她想改变现状，却无能为力。

高考的失意和对新环境的失望，以及饮食差异等各种因素叠加在一起，叶梦影也丧失了斗志，一时间浑浑噩噩着。

不过叶梦影的桃花运，倒是接二连三涌来。她长得很美，追求者特别多。奈何她心气高，压根就对众多追求者不屑一顾。

久而久之，她在众人眼中，就是那种既穷又假清高的人。因此叶梦影人际关系很一般。她也由此变得更加沉默寡言了。

十分压抑的叶梦影，只能把自己的困惑告诉远在西安的李远。

李远很有才情，胸怀又广阔，为人还积极乐观。在他身上，有着满满的正能量。

可以说，李远是叶梦影求学路上这些年以来所敬佩的为数不多的人之一。

两人有着类似的生活背景，又有着相同的理想抱负，因此叶梦影很喜欢和他吐露心声。

叶梦影生活很节俭，家里给的生活费不多，她这时还没有手机，是去图书馆上网给李远发的消息。

正在上网查资料的李远，看到叶梦影发来的一连串消息，迅速点开看了。了解到对方的困惑以及压抑心情后，李远一时间陷入了沉默。

他和叶梦影同一个高中毕业，早就知道了叶梦影的优秀。暑假两人交谈过，他也知道叶梦影对大学抱有着多么高的期待。

在李远的心中，叶梦影是一颗璀璨的明珠，极为耀眼。这么优秀的人，现在被困在这种并不太好的学习环境中，李远对此也感到十分惋惜。

李远首先尽可能安慰着叶梦影，给叶梦影分析现状，帮她对未来做了一个明确的规划。他话语中表现出来的温柔和细心，在丝丝温暖着叶梦影这颗沉寂孤独的心。

李远又告诉叶梦影一些转系的事情，并且让叶梦影去结识几个有志向的学习伙伴，组成互助小团队。这样，学习才会更加有动力，进步会更快。

叶梦影的心在一点点被触动着，李远就像太阳，朝气蓬勃，光芒万丈，驱散她心中的压抑和阴霾。

在叶梦影的众多追求者当中，没有一个人能与李远相媲美。渐渐地，李远在她心中占有的分量越来越重。

因为李远的出现，让身在异乡的叶梦影，不再有漂泊无定之感。

经过李远一番开导，叶梦影有了豁然开朗之感。她默默告诉自己，绝对不能再堕落下去，要和李远一样做个优秀的人。

她想起李远说的话，要想逆流而上，必须提升决策战略思维，就要学着借力而行。因此，接下来的叶梦影，在寻找着改变现状的对策。

叶梦影知道同宿舍那个来自河南的女孩宋海洋和她一样有着抱负，这样的人肯定也不会甘于现状。

“海洋，我们可以谈谈心吗？”叶梦影把宋海洋约到了学校凉亭里。

“当然可以。”宋海洋也很欣赏叶梦影，也爱和她交流。

叶梦影轻叹一声："海洋，现在班级氛围，你也看到了吧？就算我们想努力，也努力不出个头来呀。我们专业的师资力量这么薄弱，老师上课态度又那么敷衍。至于各位同学，哪里还有学习的劲头呢？"

不光叶梦影担忧这个问题，作为曾经的顶级学霸宋海洋，有时候也会惆怅。她也把自己的疑虑说了出来。

"梦影，你刚才说得没错。园林专业是今年刚开设的专业，学校肯定是拿来做试水之用的。在这种环境之下，你想要求师资力量雄厚也不可能。我们无法去改变大环境，那只能改变自己了。"

叶梦影一听宋海洋有了想法，顿时黯淡的目光染上明亮色彩，赶紧追问道："你有什么好办法吗？"

宋海洋提议道："要不，我们转系看看？"

"这话，正得我心。明天我们就去问问。"叶梦影原本早就有转系的想法，可她一个人单枪匹马去做这件事情，总归是有太多不便之处。现在有了宋海洋的站队，她顿时信心满满，多了好些底气。

这个问题有了眉目，叶梦影的心情欢快许多。

第二天下午，当叶梦影和宋海洋走到教务处办公室，向系主任说明转系意向，得到的是并不满意的答复。

系主任姓王，是个四十多岁的中年男人，一副很有官威的模样。他鼻梁上架着一副厚厚的眼镜，仔细打量着叶梦影和宋海洋。

系主任听后，摇头说道："你们现在转系，有点晚了。今年学校转系名额本来就少，前两天有好些学生转系了，现在已经没有名额了。"

叶梦影听完后，心中似乎又像被重重一击。好不容易才盼来的那么一点点希望，这下又破灭了。

"主任，还有没有其他的办法啊？这个专业真的学不下去。"叶梦影苦涩说道。话说到这个分上，只能如实以告，"主任，这个专业是学校新设置的，各方面设施都很薄弱。我们想要努力学习，却不知道怎么个学法。"

宋海洋这时也表述着自己的意见："假如真的不能转系的话。能不能安排一些经验丰富的专业老师，过来授课？"

"叶梦影、宋海洋是吧？你们两个人的高考成绩，我也看过。多少也知道些情况。你们是志愿没填好，被调剂过来的吧？"王主任这些年见过太多这种例子了。眼前两位，高中成绩没的说，不然怎么可能对专业存在的问题这么上心？

叶梦影回答着："我的第一志愿是复旦大学，只可惜以4分之差落榜了，才被迫来到这所学校的，我收到录取通知书之前都没听过这个学校！"

宋海洋也接着叶梦影的话：“我的情况也是，报的南京大学落榜了。没人给我们量身定制般的指导，老师只是很笼统地给了个意见。来了大学之后我才知道，别人的家长基本是上过大学的专门给志愿攻略，我们这农村出来的父母也不识字，自己又是第一次高考没经验，太吃亏了，这次转系请主任一定要给我们一个机会！”

王主任听后，心里也不免生出点惋惜感。这两位女生，毕竟从前都是考名牌大学的种子选手。也难怪来到这海南师范大学会心有不甘。

“叶同学、宋同学。这个转系的事情呢，我们是不会贴通知的！要不然大家一窝蜂地要转专业，我们的工作还怎么进行？名额确实已经没有了。但是你们对于专业课的诉求，我可以和学校沟通，尽量满足你们。”

虽然这答复并不是很让叶梦影满意，但也是无奈之下的一种希望了，她知道这是一种敷衍般的回答，算是打发她们。

从办公室出来之后，叶梦影脸上依然是闷闷不乐的表情。宋海洋见状，赶紧带着调侃的语气安慰叶梦影：“梦影，既然我们无法改变学习的大环境。那就先改变我们自己。虽然人有点少，只有咱们两个，那说不定也能组成一个超级强大的学习军团呢！”

宋海洋身上的乐观和坚强，总是会给叶梦影带来许多动力。她冲着宋海洋点点头：“好。”

在接下来的学习中，宋海洋与叶梦影互帮互助，两人经常在一起交流心得，图书馆是她们每天必去的根据地。

奋斗的青春年华，果然最让人有成就感。叶梦影劲头十足，双眸之间散发着熠熠光泽，她好像找到了和读高中时一样的感觉。

叶梦影会每天抽出固定时间和李远聊天谈心，汇报着一天的学习情况。

李远也把自己身边发生的见闻和叶梦影分享。两人聊着现状，聊着古今中外、天南地北……

李远为了逗叶梦影开心，还展现着十分幽默风趣的一面。虽说两人是隔着网络屏幕交流的，但两颗心越来越近，已经突破了千里之隔的距离。

第 5 章　奋斗的过程最美

叶梦影虽出生在贫寒家庭，可她从小就有一颗坚强不屈的心，立志一定要改写人生。

在李远的鼓励下，她重拾信心，一心扑在学业上。通过研究改变命运的途径，她发现了考研是最可行的方式。

叶梦影赶紧去图书馆充值上网，满怀欣喜地把这个消息告诉李远。

李远对于叶梦影的想法给予了肯定，还帮叶梦影制订了初步考研计划，并且承诺只要叶梦影在学业上有需要帮助的地方，他一定会竭尽全力。

有了李远的支持，叶梦影的劲头更足，目标更坚定了。考虑到跨专业考名校研究生的可行性，以及结合自身实际情况，她把考研目标定在了园林建筑和设计专业上。

打定主意后，叶梦影开始全身心投入学习中，每天分秒必争，学习强度并不亚于高三总复习阶段。考研之路十分漫长且艰难，她必须要提前做好充分准备。凡事只有未雨绸缪，才能多一分胜算。

叶梦影开始认真学习专业课，天天都泡在图书馆。其他室友都在玩耍，她一个人背着书包，拿着水杯，早出晚归。

每个不曾起舞的日子，都是对生命的辜负，叶梦影此时的状态真可以用宵衣旰食来形容。

室友们看到叶梦影如此忙碌，对她感到深深佩服。一般的女孩子哪有这种毅力和坚持啊！在寻常人的认知中，来到这所师范大学读书，只要能混个毕业证。不出意外的话，毕业之后就能当老师。

这几乎，已经是所有师范生可见的已经定型的未来了。

只有叶梦影与众不同，一心想着飞跃，甚至想着出国留学。

叶梦影的雄心壮志是那么的难得。就连向来眼高于顶的舍友姚美美，也不禁对她刮目相看。

姚美美道："你还真是坚持啊，不错啊，挺努力的。"

这是个典型的富二代，家境十分优渥，穿着光鲜亮丽，平日里都追求时尚大牌，和叶梦影从来不是同一个频道上的人。

当初一进宿舍门，姚美美就瞧不上叶梦影那一身寒酸穿着，时不时会明嘲暗讽几句。这个富二代小姐也没有什么坏心思，只是嘴毒了些而已。

起初叶梦影还会心有芥蒂，但也没有与她争执，而是直接避开，尽量不与姚美美有过多交流。

这几日，叶梦影的心境与之前又发生了截然不同的变化。因为有李远的安慰和各种开导，她心胸渐渐宽广许多。对于姚美美所说的嘲讽的话，叶梦影已经全然不在意了。

面对此时姚美美的刻意搭讪，叶梦影倒是给了一个回应。

“像我们这种平凡家庭出身的，怎么能比得上你呢？你家境那么优渥，当然可以不用学习，每天只顾开心就行。我没有玩耍的资本，必须要每天努力学习。”

叶梦影这话说得十分有技巧，可谓一语双关。既表扬了自己的努力勤奋，又暗暗讽刺了姚美美的懒散。

按照姚美美以前那种只争赢、不服输的性格，非得要和叶梦影好好唇枪舌剑一番才行。

不过，最近姚美美的想法改变了许多。她看到了叶梦影身上那种坚强不屈的劲头儿，看到了一个寒门学子想要改变命运的决心。

她虽然是富裕家庭出身，可也欣赏勤奋努力的人，毕竟她的父亲当年创业也极其艰难，是靠着一步一个脚印，以及无数血泪汗水才换来今日的成就。

因此，姚美美欣赏叶梦影骨子里的那种韧性。

姚美美那张涂着精致妆容的脸上，露出了明艳笑容：“你分析得有道理，但是话也说得偏颇了点。谁说富裕家庭出生的孩子，就不用努力了呢？以后我也要向你学习，做一个努力上进的人。”

叶梦影还以为姚美美会怼回来，没想到对方这次竟然展现出了这么大的包容。虽然与自己消费观不同，但也没有多大仇恨。现在见对方如此释然，她当然也乐意友好相处。

叶梦影冲姚美美微微一笑：“那就让我们一起，努力加油吧。互相学习，共同进步。”

…………

拼命努力了一段时间之后，叶梦影发现园林设计专业在生活中的实用性实在不强，不像英语和计算机那样实用。

叶梦影看着成堆的复习资料，不禁感叹道：果真是个大冷门专业。

她天资聪慧，再加上格外勤奋刻苦。就算所处的学习氛围不好，就算授课老师敷衍，可叶梦影居然也能把专业知识学得很好。在课堂上时，常受到老师表扬。

渐渐地，叶梦影越学越轻松，已然重拾了当年高中时的学霸心态。

因为专业课程对叶梦影来说，掌握的得心应手，再加之大一课程不是特别忙碌，所以，叶梦影开始走上了兼职之路。

自从上大学之后，父母几乎没有给过她生活费。向来自立自强的叶梦影，哪怕生活到了山穷水尽之时，也从未主动向父母求助。她决心，凭借自己的劳动赚取生活费。

空闲之时，叶梦影找到了学校附近一家餐厅。

“老板，请问，你们这里还招兼职吗？”

老板还在对账，他抬头看了一眼叶梦影：“招是招，只是我们这里工作很累。都是去后厨帮忙的，基本只招男生。”

叶梦影并没有被繁重的工作任务吓倒，她从小就帮着家里做事，什么苦活累活没干过呢？在这世上，还有什么是比穷更可怕的事呢？

听完老板的话后，叶梦影自告奋勇道：“老板，我不怕累也不怕脏，干活从不偷懒。你看，招我行吗？”

老板又看了一眼清瘦的叶梦影，摇摇头：“以前我们餐厅也招过女工，那些女孩子吃不了苦。没干两天，就走了。

你这小姑娘家家的，没必要干这么累的活。去其他店里看看，有没有合适的兼职吧。”

确实有很多学校附近的小店招兼职。叶梦影之前对比了一下，只有这家餐厅开的工资最高。她日子过得很清贫，迫切需要钱。因此再苦再难的工作，她也不怕。

叶梦影努力为自己争取着机会：“老板，我是从农村出来的孩子，从小就吃苦惯了。我真的不怕累，不怕脏。要不，你让我先试两天？要是我坚持不下去，我不要你一分钱工资，可以吗？”

“我真的很需要工资高一点的兼职，来为自己赚取生活费，要不然我连吃饭的钱都没有了。”

叶梦影的话传入老板耳中时，他愣了会儿，不禁重新打量着眼前这个清秀的女孩子。他看到了这女孩青涩脸庞上的坚持，以及目光中的刚毅和坚韧。

老板的心被触动了，思忖片刻后点头：“既然你都这么说了，那我就让你试两天。今天没什么活了，你明天中午能来吗？”

叶梦影掷地有声回答道：“可以！”

她向老板道谢之后，很快从餐厅中走出。想到自己马上就能干活赚钱了，叶梦影欣喜满怀。

第二天中午放学之后，叶梦影想起和餐厅老板的约定，也没顾得上吃午饭，去食堂买两个包子随便吃了几口后，便匆匆赶到餐厅。

这家餐厅生意十分火爆，叶梦影来的时候，里面已经坐满了客人。她和老板报到之后，赶紧系上围裙，去后厨帮忙，投入到繁忙的传菜工作中去。

确实和老板之前所说的一样，这工作十分劳累，除了传菜之外，还要去帮忙搬运冰冻食材。整个后厨，除了叶梦影之外，全是男生。

搬运冰冻食材花费体力巨大，对于女孩子来说非常艰难。可叶梦影并没有放弃，而是一直咬牙坚持着，尽管已经腰酸背痛、浑身大汗淋漓了。

“你这姑娘，可以啊！”老板去后厨巡视了一番，看到正努力工作的叶梦影，发出了赞叹声。

就这样，叶梦影提前通过了老板的考核。

叶梦影兢兢业业忙碌着兼职工作。时间在她的忙碌中，悄然流逝。

很快，过去了一个月。

叶梦影领到了工资。

这是她第一次凭借自己双手赚到的钱，她把钱牢牢握在掌心里，觉得非常心安和踏实。

叶梦影把兼职工资拿来作两部分使用，一部分是当自己的生活费，另外一部分则是默默存起来。

她心里像吃了蜜糖似的，长这么大以来，还是第一次拥有自己的小金库。

第6章　坚守信念

叶梦影除了做兼职之外，还孜孜不倦学习着。为了完成项目课程，她需要寻找大量资料，而图书馆外网受限，因此叶梦影只能去网吧查找。

叶梦影正在滑动鼠标浏览信息时，突然间企鹅不停闪动着。她迅速弹开企鹅页面，发现是学长李远发来的消息！

瞬间，叶梦影心中涌出欣喜。虽说是隔着屏幕聊天，然而李远在叶梦影心中的亲切感，一丝都未曾减少。她面带笑意，飞快回复着李远。

网络上的李远依然十分体贴，他耐心询问着叶梦影近况。不仅帮叶梦影分析着学业上的事，还处处关心她的生活。除此之外，还说了许多激励的话。

李远的鼓励和安慰就如同一道明媚的阳光，温暖着叶梦影的心底。对于眼下尚处于人生低谷的叶梦影而言，李远好似一棵救命稻草，能将她从深渊中拉出来，并且能指引她抵达希望和成功的彼岸。

李远的渊博学识和独特见解，给叶梦影的人生打开了一扇新的大门。她对这位高大帅气的学长好感倍增。和李远聊天，已经成了叶梦影的一道精神食粮。

叶梦影生活十分清贫，尽管干了一份兼职，可她一直省吃俭用，不敢多花一分钱。因为从小就过惯了苦日子，那种囊中羞涩的滋味，她从来不敢忘记。

然而为了能方便和李远聊天，叶梦影心中滋生了一个念头：那便是攒钱买手机。

手机对她来说是一个奢侈品，大抵是需要节衣缩食好久才能买上的。

果然在接下来的日子里，叶梦影的生活过得更加清苦了。每次去食堂吃饭，只敢点一碗清粥、几个馒头。连稍微好一点的菜都舍不得买。至于生活用品上，就更节约了。除了必要的，她都不会花钱去买。

这种粒米束薪的生活，对于一个年轻女孩子来说，是很难熬的。可叶梦影从来没有抱怨半分，因为心中一直有一个信念支撑着她。她对此甘之如饴！

叶梦影白天艰苦学习，课后又努力做兼职，再加之营养得不到补充，她日渐憔悴，原本瘦弱的身体看上去更加单薄了。

室友宋海洋见叶梦影这般节俭，实在不解。她将叶梦影偷偷拉到角落里，询问着：“梦影，我看你最近在食堂里都舍不得打菜。每天只吃粥和馒头，这样下去，身体可承受不了啊。”

虽说宋海洋是她的知心好友，但叶梦影也不会把所有事情都告知对方。一来，她不愿过早让人知道李远的存在；二来，她也不希望自己的事情给别人带来压力。

叶梦影将所有心事藏于心底。她看着宋海洋，轻轻摇头，淡淡一笑：“海洋，你别担心了啊，我没事。我最近没什么胃口，就想吃点清淡的。”

宋海洋自然知道叶梦影没有讲真话，只是她不会直面戳穿。

宋海洋抬眸望着天空，缓缓叹息道：“梦影啊，在茫茫人海中，我们能够相聚到一起，是缘分。我们现在成了同学兼室友，这更是缘分中的缘分。我们彼此之间，理应互相帮助才对。”

“你如果遇到什么难处，就尽管说出来。我要是有能帮上的，就会尽力帮你。你是个好姑娘，聪明懂事又努力，我实在不忍心看到你这么苛待自己。”

说完之后，宋海洋轻轻拍着叶梦影瘦削单薄的肩膀，叮嘱道：“你要知道，身体才是革命的本钱啊。一定要好好照顾自己，知道吗？不然身体熬垮了，谁来替你圆梦啊！”

宋海洋语气真挚，态度温婉，她说的这些话如同涓涓细流，滋润着叶梦影的心。除去李远之外，宋海洋算得上是对她最好的人了。

叶梦影望着宋海洋那双真诚的眼睛，心里顿感一阵触动。

不经意间，叶梦影的眼眶微微湿润了。她知道宋海洋家境不好，也来自农村，家里面兄弟姐妹众多，平时在大学里生活也过得捉襟见肘。此情此景之下，这位经济很拮据的室友，竟能说出这番掏心掏肺的话。这实在让叶梦影无比感动。她觉得能遇到宋海洋这样的同学，实在是三生有幸。

叶梦影轻抹了一下眼眶，拉过宋海洋的手，柔声道：“海洋，你刚才说的这些话让我很感动，不过我真没什么事，你别担心啦。”

宋海洋点头道：“如果真遇到什么难处，或者解决不了的问题，要记得找我。”

叶梦影感激道：“嗯嗯。海洋，谢谢你。”

宋海洋笑了：“都是同学，干吗这么客气呢？再说我还没帮到你呢。”

两个年轻女孩子相视一笑。

经过这次宋海洋的提点，叶梦影也将爱护身体的事放在了心上。

叶梦影心道：也对。如果没有健康的身体，她拿什么去追求未来和幸福呢？

此后，叶梦影稍稍比之前奢侈了一点点。每次吃饭会打一个蔬菜，再就着馒头和稀饭一起吃。虽说伙食依然不好，但比起之前来要强上很多。

靠着节俭和勤奋，叶梦影一个月之后，总算攒够了买手机的钱。叶梦影对于手机要求并不高。一个翻盖手机，足够她拿来和李远聊天了。

拿到新手机之后，叶梦影欣喜若狂，对其格外珍惜爱护。因为这是她和李远聊天沟通的重要媒介。

叶梦影再也不用特意去网吧和阅览室上网了。以后，她可以随时随地和李远保持联系。当叶梦影把这个好消息告诉李远后，他也十分开心。

在课余时间里，叶梦影总会第一时间联系李远。两人在网络上相谈甚欢。聊天文地理、聊人生百态、聊理想抱负、聊现实生活，聊天内容非常丰富广泛，一点都不觉单调。

李远的学识和才情，让叶梦影十分钦佩。这个才华横溢的男孩子，给叶梦影的精神世界带来了许多欢愉。

即便在虚拟世界中，李远也给叶梦影的人生带来了别样光彩。

通过深入了解，叶梦影知道了李远的辛酸史。李远来自偏远农村，家庭条件很差。父母靠务农为生，一直过着早出晚归、面朝黄土背朝天的生活。二老辛苦把李远拉扯大之后，又倾尽全力供其上大学。其中艰辛不言而喻。

叶梦影和李远有着相似的家庭背景，这使得两人话题更加多起来，彼此之间惺惺相惜。

李远就读于西安交通大学，学的是金融专业。他见识广博，学习成绩优异。在叶梦影心中，李远是个十分独特的男孩，浑身上下都散发着无穷无尽的魅力，有着异于常人的追求极致的完美精神。

虽然他也出身寒门，但举手投足间文质彬彬，言语之间更是尽显理想和抱负，是一个真正的谦谦君子。

李远思想比同龄人成熟，对未来有着明确规划，同时又有斗志昂扬、积极向上的心态。

李远虽然只比她高一届，可身上却有着满满的担当和责任感。李远的善良包容成熟稳重，都在深深吸引着叶梦影。

两人越聊越熟络，心意更是相通，彼此间有着一种极强的默契感。叶梦影似乎觉得自己对李远产生了一种依赖感，只要一天没和李远联系，她便会怅然若失。

每次午夜时分，叶梦影辗转难眠时，脑海中总会浮现李远的模样。她梦到李远微笑着朝她走来，梦到两人一起漫步在公园里……

李远出现在叶梦影梦中的频率，越来越高。

对于从小缺乏父母关爱的叶梦影而言，李远有时候是一个慈父般的存在，他让叶梦影孤独无助的心有了依靠。对于此刻的叶梦影来说，李远是她的知己。因为除了李远之外，没有人可以和她这般惺惺相惜，心意相通了。

李远俨然已是叶梦影灰暗人生中不可或缺的一道光了。

他用温柔和善良救赎着叶梦影，把她从黑暗深渊中拉出。

叶梦影的人生因为李远的出现而变得明媚多彩，褪去了好些忧伤。

她对李远的依赖感越来越强烈。并不只局限于和对方聊天文地理、人生百态。她更想探究对方的个人情感，可出于女孩子的矜持娇羞，叶梦影肯定不会贸然问出口，因此只能旁敲侧击着。

为了能听到对方的声音，叶梦影和李远已经开始通过电话频繁交流了。

有一天在聊天过程中，叶梦影故意询问着李远情感问题。

她再三思考后，轻轻问道：“你对待女孩子这么温柔体贴，要是你女朋友知道了，会不会吃醋生气啊？”

电话那头传来李远温柔的笑声：“这不可能啊，因为我根本没有女朋友。”

叶梦影听后，双眸熠熠生辉，心中有说不出的喜悦。

她顺着话题，继续探究着李远的个人情感。

“像你这么优秀的男孩子，在大学里，肯定有很多女孩子追求吧？”

李远在叶梦影面前毫不隐瞒：“确实有几个啊，不过和我没太大关系。她们的想法和我的想法，不在同一个频道上，这注定不可能有交集。”

“而且，还有一个很重要的因素。”李远话音轻顿，“我家里条件不好，父母供我念大学，已经是竭尽全力了。一旦谈恋爱就要花很多钱，我不可能找父母要钱。所以，我眼下没想过谈恋爱这事。毕竟大学是最后一次读书了，我只想好好完成学业，不然后悔的机会都没有。”

叶梦影心中竟有了些许失落感，她淡淡回答：“哦。”

李远又缓缓说道：“不过，凡事也有例外。如果碰到我喜欢的，又和我十分投缘的女孩子，那可能我也会动了谈恋爱的心思。”

“如果可以，我希望能遇到一个温柔、勤奋、努力又不拜金，还颇有才情的女孩。”

不知为何，当李远说出最后一段话时，叶梦影的心忽然跳得很快。她隐隐约约感觉到李远是在暗指她。

电话这头的叶梦影，双颊间染上一抹绯红。她不知如何回答李远的话，接下来匆匆找了个理由，赶紧挂上了电话。

挂完电话后的叶梦影，心依然扑通扑通跳个不停。她感觉李远好像在向她告白，可又觉得似乎是自己多想了。倘若李远真如她所想这般，对自己有好感，那她估计也会手足无措吧。

叶梦影少女心事泛滥，一时间也陷入矛盾中。她很想念李远，但又不知如何去面对他。

第 7 章　重新定义人生

吃不了自律的苦，就得受平庸的罪。叶梦影学习异常刻苦，挑灯夜读那是常态。只是所有付出，并不都能得到回报。

因为学校对园林专业并不重视，专业授课老师水平非常不佳，对叶梦影提出的问题无法给出满意的答复。无奈之下，叶梦影只能不断泡图书馆以及上网查询学习资料。

学习之路十分漫长，若是能遇到良师从旁提点一二，那将会对自身学习大有益处。叶梦影没有遇到良师，只能一个人默默摸索。

一个人单打独斗的战斗力总归是有限的，叶梦影在这条路上摸索得尤为辛苦。和李远聊天时，她会将自己的困惑和无奈倾泻出来。

李远聆听着叶梦影的心声，感受着她的苦楚。李远很清楚叶梦影高中的平均成绩比他高出很多，如果不是踩了填报志愿的坑，梦影至少会读比西安交通大学更好的学校。

如今被命运捉弄沦落到这般田地，又碰上这么个划水的专业，实在是屈才了。

李远在电话那头并没有发声，直到叶梦影一股脑儿倾诉完之后，他才缓缓开口道：“梦影，我知道你的困惑和苦楚。对于你这样的优秀人才，摊上这么个事情，实在是可惜了。但是既来之则安之，我们要保持乐观心态，遇到挫折后不能让自己变得颓丧。你说对吗？”

“我相信困难只是一时的，你一定能度过所有黑暗时刻，最后迎来明媚阳光。要相信你自己，千万不能自暴自弃，无论如何，我都是你最忠诚的拥护者和支持者。”

李远是个情商极高的人，他从来不会一板一眼和叶梦影讲大道理。总是通过循循善诱的方式，首先给予叶梦影安慰和鼓励，再帮对方分析并给出解决方案和详细步骤。

这是李远一贯的为人处世之道。当然在面对叶梦影的困惑时，李远更是表现出了超乎寻常的耐心。

因为李远知道叶梦影虽出身清贫，但骨子里却是十分要强的人。叶梦影这般惶恐焦虑，也无非是因为现实与理想的过大差距造成的。

像叶梦影这样的女孩子，通常都有极强的自尊心。李远非常注意自己的言辞，他从来不会说出有损叶梦影自尊的话。

李远鼓励和安抚完叶梦影之后，给予了具体的解决方法。

“梦影，你先不要着急，也不要忧伤。我有一个办法，应该能帮到你。我们学校也有园林专业，虽然在本校，这是个普通专业，但相对比你们学校来说，至少师资力量要雄厚许多。”

“我所加入的学生会里，也有不少人是学习园林专业的。我帮你留意过，他们当中有些人学业非常出色。你以后学业上遇到不懂的地方，可以请教他们。我把他们的联系方式给你。”

李远的这番话，真是深得叶梦影的心。

如果说他之前的安慰和鼓励，就像一颗定心丸，安抚着叶梦影焦躁不安的心。那么接下来，他所给出的办法，则像一盏明灯，给迷茫的叶梦影照亮了前方的道路。

叶梦影内心十分激动，在电话里头，声音都有着明显的颤抖：“李远学长，真的很谢谢你，每次在我最困难无助的时候，你总是给予我十分必要的帮助。”

李远的淡淡笑声，通过电话听筒传到叶梦影的耳畔：“不用这么客气，我们是老乡又兼高中校友，我当然要格外照顾你这个学妹啊。而且能帮到你，我也很开心，至少证明我这个人还是有点用处的嘛。”

李远说完之后，依然轻声笑着。他的笑声是这般亲切、温暖，像三月里的春风，拂在叶梦影的心田。

受李远笑容的感染，叶梦影也轻轻笑着。两人在电话里聊了许久，直到听到叶梦影声音中带着些许疲倦之意，李远才恋恋不舍地挂上电话。

在这之后，叶梦影顺利地加上了李远口中那些学霸的企鹅，时常向他们讨教学业问题。

因为有李远的鞭策和鼓励，叶梦影劲头十足，她暗暗下定决心：一定要勤奋向上，不辜负李远对她的一番用心。

叶梦影知道自己毕业后，会被家里逼迫着去当一个老师，结婚生子，过着单调且平凡的一生。她原本就讨厌这种按部就班的生活，现在因为有了李远的陪伴和鼓励，她的反抗之心越渐强烈。

人生的路需要靠她自己走出来。她不愿意自己的未来受人摆布，更不想像现在这样，因为出身和家庭被人看不起。她要奋起，要重新定义人生，去实现一场空前绝后的逆袭。

梦想和希望之火，开始在她心底熊熊燃烧。叶梦影眼中散发着光泽，那是对未来和梦想的殷切期盼！

叶梦影的身影频繁出现在图书馆和阅览室中，废寝忘食学习着。她书上写满了密密麻麻的笔记和读书心得。

叶梦影重拾信心，找到了高中时代紧张充实的状态。遇到不懂的问题，总是虚心向师兄师姐们求教。

叶梦影全身心投入到学习中之后，进步飞快，有时老师讲不清楚的知识她能上去补充清楚。老师的表扬和同学们羡慕的眼神，让叶梦影欢喜极了。她的成绩，得到了所有人的肯定！这一切付出，总算得到了回报！

叶梦影的过分优秀，也让同宿舍几个姑娘们倍感压力。

姚美美调侃道："在叶大学霸的衬托下，我们都黯然失色了。哎，姑娘们，我们也要加把劲，可别落后得太难看啊。"

姚美美只是单纯地调侃，没有任何夹枪带棒之意，也没有嫉妒之情。

叶梦影自然听得出姚美美的话并无恶意。于是，也笑着附和道："你们也不差啊。我就是比你们多下了点苦功夫，其实我脑子也聪明不到哪里去。"

"这可就谦虚了啊。"姚美美轻拍了下叶梦影的肩膀，"以后你是我们宿舍里的'辅导员'，可要时时提点一下我们学习问题。"

"当然，这没问题。"叶梦影满口应承下来。她从来就不是心胸狭隘的人，有什么好事好东西都愿意和人分享。再加上宿舍的姐妹心眼并不坏，她也愿意带着大家一同进步。

…………

正当叶梦影沉浸在学习所带来的喜悦中时，家中传来的消息，让她深感苦涩。

因为弟弟中考成绩很差，要花钱换学校。家里勉强能凑出这一部分钱。但今后，整个家庭的生活会变得更加艰难。因此家里打算减少叶梦影的生活费，让她去申请助学金或者兼职赚钱。

比起同宿舍的人，她每个月的生活费原本就少得可怜。父母竟然还想继续减少，这简直没有考虑过她是否能正常生活下去的问题。

父母一直重男轻女，把所有的爱都给了弟弟，这让叶梦影也习惯了。但这次，她父母实在太过分了，居然想到要克扣她的口粮。

千里求学，别人家的父母都是恨不得把最好的都给儿女。只有她的父母这么残忍，从不会为她做出一丝一毫考虑。

这次的事件好像一根导火索，把叶梦影压抑了十几年的委屈，全部牵扯出来。

叶梦影愤怒无比，气得浑身颤抖。可又无可奈何，她无法改变父母的想法，也无法改变自己所身处的家庭环境。

所以，只能蜷缩在无人的角落里，默默流眼泪。

旁人只知道她坚强勇敢，谁能知道她坚强的外表下，有这么一颗脆弱的心呢？

因为自身不够强大，她只能选择忍受委屈，选择向现实妥协。难道她要一辈子过这样的人生吗？

不，绝不！

叶梦影的灵魂在做着强烈的反抗。她发泄完情绪之后，改变命运的决心空前强烈。

第 8 章　暗涌

父母对弟弟的过分偏心，让叶梦影心有不甘。她情绪十分低落，处于失意之际。这时，她脑海中不觉蹦出了李远的模样。

李远温暖阳光的形象，已经深深刻在了叶梦影心底。于叶梦影而言，李远似乎已经成了她的精神支柱。每逢伤心难过时，总会不由自主把李远当成她的依靠。

此时，叶梦影特别想要李远的安慰。她拨了电话过去，正好碰上李远有空闲时间。

李远迅速接起。

温柔细心的他，很快听出了叶梦影声音中的不对劲。

李远猜测叶梦影肯定遇到了什么难事，他像往常一样，选择静静聆听叶梦影的心声。

出乎李远意料的是，叶梦影并没有说更多的话。只是和他在电话里头打了几声招呼，仅此而已，更多的是沉默。

然而从这寥寥数语中，李远却读懂了叶梦影心中的压抑。他是个情商极高的男孩，对方不愿意说出口的事情，他从不会去戳破，非要刨根问底。

他知道，如果叶梦影愿意和他说，肯定会慢慢将心里话和盘托出的。

所以，李远没有主动去询问叶梦影，她身上究竟发生了什么事情，而是同叶梦影分享着许多愉快的事情。他希望这种愉快的氛围，可以带叶梦影走出悲伤。

在李远心中，叶梦影这姑娘什么都好，就是太过于多愁了。清秀的眉眼之间似乎总笼罩着一层淡淡的忧伤。

李远很想让叶梦影开朗起来，因此不遗余力逗她开心，次次聊天都会给叶梦影灌输许许多多正能量，还不忘配上幽默搞笑的故事。

这次也不例外。

李远和叶梦影讲了好些笑话，他言语之间尽显幽默风趣。每一个故事经李远的点缀说出来时，是那么的鲜活有趣。

李远确实也把叶梦影逗乐了。

电话里头传出了叶梦影甜甜的笑声。虽然这笑声十分轻微，但对于李远而言，已经足够了。

因为至少让叶梦影笑了。这证明，他所付出的努力都是值得的。

李远开心道："你长得很漂亮，我猜测你笑起来的模样，一定也非常美。以后没事要多笑笑啊，这样才能使得美丽永驻。"

在暑假期间，李远虽然见过叶梦影。不过那时的叶梦影心情十分低落，没笑过，以至于李远对叶梦影微笑的模样充满无限遐想。

"梦影，每个人的生活都不可能一帆风顺，人生本身就是一个历练的过程。一时的困顿和窘迫并不可怕，一直失意才是最不可取的。我们即便身处困顿之境，也要学会在风雨中奔跑，在泪水中成长。生活中还有很多美好的人和事，这就是一道道亮丽的风景啊。当你心向阳光，黑暗自然就变少了，你会发现上帝所造的万物，只有人是最有乐趣的。"

"尤其是像你这么好看又上进的女孩子，要是再开朗一些，那魅力哪个男生能挡得住？"

李远的话十分有哲理性，同时又夹带着幽默风趣。一点都不像是说教式的，这让叶梦影很是受用。果然，叶梦影的心情一下子平复了不少。

渐渐地，李远在叶梦影心中的位置越来越重要。叶梦影把李远当成了阳光、希望，甚至是救赎。

两人一直保持着密切联系，当然在联系之余，也没有荒废学业。他们彼此互相激励，共同进步。两人虽然不是恋人关系，却非常有默契。

叶梦影觉得自己的生活，过得格外充实。

时光飞逝，很快一个学期结束。叶梦影迎来了寒假。

李远提出了见一面的想法，叶梦影听后，很开心答应了。她也挺想念李远的，距离上次两人见面，已经过了大半年时间。

两人约定好时间和地点。

叶梦影回老家的中转站，必须要经过西安火车站。而李远又在西安念大学，所以两人很容易便能接洽到。

这次见面对叶梦影而言，是十分激动的时刻。为此，她做了充分准备。收拾完行李之后，上车之前精心打扮了一下自己。

叶梦影生活非常朴素，不过为了给李远留一个好印象，她又特意去买了些化妆品。这算是叶梦影人生中第二次奢侈了，第一次奢侈则是买翻盖手机。

她的两次奢侈，都是为了心目中那个男孩——李远。

从海南到西安路途非常遥远，经过两天一夜的颠簸，叶梦影终于顺利抵达西安站。

两天多的煎熬，叶梦影神情有些憔悴。下车之后，她挑选了个人少的地方，掏出镜子，悄悄补着妆。看到有些憔悴的神情被妆容覆盖后，叶梦影这才轻轻满意笑了下。

在即将与李远见面的时刻，叶梦影既紧张又激动。手心中不由渗出了一些汗水来。

她和李远之前确实见过面，但那时的心境，与这时完全不一样。那会儿自己处于高考失意状态，仅仅是把李远当成一位博学体贴的学长看待。

现在，她的心境发生了翻天覆地的变化。叶梦影和李远在网上无话不谈，两人惺惺相惜，互相勉励。这份情谊早就超脱了普通的学长与学妹的关系，更像是挚友知己。

在叶梦影心中，李远非常重要。虽说两人年纪相仿，可叶梦影看待李远时，总是带着崇拜之情。李远的博学幽默正直，无一不折服着叶梦影。

这个优秀帅气的大男孩，就像一道灿烂而明媚的阳光，不经意间便溜到了叶梦影心底。

叶梦影的人生感受到了温暖和关怀。原本叶梦影以为，自己对李远只是带有感激和崇拜之情。可现在却突然发现，这份情感并非想象的这么简单。此刻，她的忐忑便是最好的证明。

见朋友和同学怎么可能这么紧张呢？只有见自己最在乎的人，才会这般手足无措，生怕自己的形象不够完美，又生怕自己言语之间出什么纰漏。

叶梦影尽量让自己的心情平复下来。

和叶梦影同行的，还有同乡兼闺蜜刘聪娟。刘聪娟与叶梦影同在海南师范大学读书，不过两人不在一个专业，她学的是中学教育专业。

叶梦影在大学期间非常忙碌，也没有什么时间去和刘聪娟来往。不过两人的情感并没有因此疏远，依然十分亲密。这次回老家，特意约好了同行。

刘聪娟看到叶梦影这么紧张后，不觉轻笑了下："影子，女孩子只有见心上人时，才会像你这般兴奋又紧张。老实交代，你和李远之间是不是有什么情况哦？"

叶梦影本来就紧张，被刘聪娟这么一调侃，她白净的脸上更是多了几分羞涩。

叶梦影抿唇，轻摇头："你净胡说八道。"

两位闺蜜正在调侃时，李远来了。因为之前约定好了地点，这会儿叶梦影又站在最显眼的位置，因此，李远一眼就看到了对方。

叶梦影和刘聪娟聊得正欢乐，倒没注意李远的到来。

"梦影！"李远迅速走到叶梦影跟前，一激动，没能控制自己喜悦的情绪。他将叶梦影抱起来，连着转了好几圈。

叶梦影还没准备好迎接李远突如其来的亲密动作，瞬间尴尬起来。她白皙的脸上挂着明显的害羞之色。

“可算见着你了！”李远的声音带着年轻男子独有的磁性。他一开口，叶梦影便沦陷在了李远独特的声音中。

“李远。”叶梦影将目光凝聚在李远身上，轻声呼唤着对方的名字。

半年了，整整半年了，她才和李远再度相见！再见时，这个男孩帅气不减，身上又多了几分沉稳气息。

叶梦影看着李远的模样，心中有说不尽的欢喜。

不止叶梦影对李远的印象很好，李远对她的印象也是如此。在李远心中，叶梦影虽然有些孤僻自卑，可骨子里却是十分温柔的人，只是这份温柔被她外表的清傲气息掩盖了。旁人无从知晓，但李远知道。

通过半年近乎推心置腹的交谈，李远对叶梦影的性情、喜好都已了如指掌。

李远对叶梦影本就十分欣赏，此刻，他更是被叶梦影身上那人淡如菊的气质吸引了。

“李远，这大庭广众之下的，你抱着我不太好啊。”叶梦影低声提醒着李远。虽说表面上很害羞，心里确实很享受和李远的亲密接触。

也就是这一刻，叶梦影忽然明白了怦然心动，是一种什么样的感受。

经过叶梦影的提醒，李远意识到自己有些失态了，赶紧将叶梦影缓缓放下。他很是不好意思挠着后脑勺。

李远和叶梦影之间的互动，惹得一旁的刘聪娟一直嘿嘿笑着。

“你们一路奔波，肯定饿坏了吧。走，我带你们去吃好吃的。你们在火车上想到什么最香，咱们今天就去吃他一顿，不要拘谨。”李远家庭也很清贫，生活费并不多。好在他也很勤快，平时也做了许多家教兼职，存了一些零用钱。足够请叶梦影和刘聪娟好好吃一顿。

叶梦影和刘聪娟都是农村出来的孩子，没有城里姑娘们的挑剔和矫情，两人对于吃，是较为随意的。

“李远，我们没有什么特别挑剔的食物，你做主就好了，你点什么我们吃什么。”叶梦影随和地说。

“那就吃水煮鱼吧，我知道附近有一家水煮鱼特别好吃。”李远一边帮叶梦影提着箱子，一边十分热情地说着。

他很快将两人带到了一家餐馆里。

这是一家川菜馆，里面人山人海，味道极其正宗。水煮鱼则是菜馆里的招牌菜。

三人找了个靠窗位置坐下。李远接过菜单，点了一份大份水煮鱼，又点了鱼香茄子、糖醋里脊、干煸豆角，以及一盘青菜和一份三鲜汤。

这可以说是叶梦影人生中除了吃酒席以外最为丰盛的

一顿了。她也是个明事理的人，非常体贴李远的艰辛。

叶梦影忽然想到李远当初提起他家境的事，她更是觉得吃这么豪华一顿，实在心有愧疚。

叶梦影附在李远耳边说着：“点太多了吧，我们可能吃不完。少点一些，不要浪费了。”

“不多刚好。这些菜的味道特别好，我想让你都尝试一下。”李远笑道，“因为你值得，所以我不会觉得是浪费。”

“因为你值得”，这五个字深深触动了叶梦影的心。从小到大，从来没有人对她说过这样的话。她的父母只会无穷无尽剥削她、嘲讽她，就连稍微委婉的好话，都不会说给她听。

可李远却给了她极度的尊重和关怀。

刹那间，叶梦影的心变得格外柔软。

叶梦影定定地看着李远，眼眶中有些湿润了。

因为餐馆客人很多，等菜上桌的时间免不了要久一点。在这期间，李远表现得十分绅士，一直给叶梦影和刘聪娟倒茶。

三人在餐桌上谈笑风生，各自说着大学里的有趣见闻。

虽说以前，叶梦影也没少听李远讲有趣的事。可电话里聊天和面对面畅谈，总归是不一样的感觉。看着眼前眉飞色舞的李远，叶梦影忽然生出一种错觉，她和李远之间没有任何距离感了。

这一次相聚，李远在叶梦影心中的形象更加鲜活生动。

闲聊了二十分钟后，服务员将水煮鱼端上。香味飘散出来，让人垂涎欲滴。

“来，吃这块嫩的。”李远细心给叶梦影挑着鱼刺，又夹了块最嫩的鱼肉放在她碗里。

叶梦影从小缺失家庭温暖和关爱，李远的温柔细心让她很感动。同时，她也很喜欢这种被人保护的感觉。

在吃午饭的过程中，李远对叶梦影格外照顾。两人的互动极其温馨有爱。

刘聪娟虽然思想保守传统了一些，但也是眼尖的人，自然看出了两人彼此之间的微妙关系。吃完午饭后，她找了个借口溜走，留给叶梦影和李远单独相处的时间。

从饭馆走出来，阳光暖暖照在叶梦影身上，使得她的脸庞看上去又多了几分柔和。

叶梦影很美，清雅脱俗间又带着女儿家的娇羞。这一刻，李远看着眼前这个曼妙女孩，不觉动心了。

在西安交大里，李远也是香饽饽，他帅气的外表引得无数女孩追求。然而李远对那些姑娘，都没什么感觉。

然而他看到叶梦影时，会有心动的感觉。甚至滋生出想和叶梦影交往、谈恋爱的念头。

情窦初开对少男少女而言，是神圣又有些羞涩的事。这于李远而言，也不例外。

李远想和叶梦影继续独处，不过眼前这氛围，倒让他稍稍有些无所适从了。于是李远提议：“我们……我们一起去看电影吧。”

“好。”叶梦影轻声应答着。

李远在此之前不知道电影院是什么样子，他带着叶梦影走进西北影城，买了两张《非诚勿扰2》的票。这是他们人生中看的第一场电影。

男女间可歌可泣的爱情，让叶梦影为之动容，同时也轻叩着她的心弦。叶梦影看见身旁的李远，忽然间有种想恋爱的冲动。

从电影院出来，快到傍晚时分了。李远邀请叶梦影逛街，带她吃了好多西安当地的知名小吃，可谓是横扫小吃一条街。

这段短暂的相处，给他们彼此留下了十分美好的回忆。

快乐的时光总是过得飞快，很快到了晚上九点多。

叶梦影要赶回家的最后一班车，李远便送她去车站，并把自己曾经用过的一个并不算旧的MP3，送给叶梦影。

“这个MP3音质很好，我把它送给你。”

MP3价格不菲，算是比较珍贵的礼物了。叶梦影连忙摆手："不，我不能接受，这太珍贵了。"

李远笑着说道："快收下吧，你不是很喜欢听轻音乐吗？以后再整天待在图书馆，它可就是你的伙伴了。"

李远的这般坚持，让叶梦影无法拒绝，同时她也拗不过内心的喜欢，终于收下了这个礼物。

叶梦影非常感激李远，这算是她拥有的第一个MP3。在这之前，家里虽然也买过，但是父母特意为她弟弟准备的。弟弟有时候也会把MP3借给她使用，但那毕竟不属于她，和眼下这种感觉完全不一样。

因为李远寒假还临时有些事，便没有陪叶梦影一起回老家。两人在车站恋恋不舍分别后，叶梦影和刘聪娟踏上了回家路程，辗转一天后，总算回到了西北农村老家。

下了大巴车后，叶梦影和刘聪娟在路口分别。她独自等待父亲叶青山的到来。

叶梦影到家后，发现家中发生了很大变化。她的母亲已经不用再陪父亲跑货车了，而是在本地一所大学找了一份宿舍管理员的工作。

学校给他们腾出了两间宿舍作为福利，由此成为他们临时的小家。

叶梦影和母亲睡其中一间里的架子床，寒假空闲时，她一直在辅导弟弟的功课。

除此之外，每天和李远联系聊天，也成了叶梦影必不可少的一项任务。

整个寒假时光，她过得十分充实。

第 9 章　黎明的曙光

度过了整个寒假时光，叶梦影迎来了新的学期。因为李远的出现，叶梦影对未来人生充满着无限的希望和信心。在新的学期里，她做了详细的学习规划，准备一步步实现目标。

只是现实总是与理想相悖，正当叶梦影满怀喜悦，打算更加努力学习时，家里头又传来一条晴天霹雳般的消息，震得叶梦影浑身发抖。

“梦影啊，你弟弟和人打架，现在把人打伤了。对方要我们赔一笔钱，家里面眼下很困难，实在拿不出这么多钱。你先想办法帮衬一下。”刘素香在电话里面语气较为委婉，可心实在是狠。她明明知道女儿在大学里日子过得艰辛，却还要这样百般剥削。

人言虎毒不食子，从某种角度而言，林子大了，这种父母也不少见。

叶梦影寒假回过一趟家，对家里面情况知道不少。她母亲不再需要陪着她父亲辛苦跑车，已经找到了学校宿舍管理员的工作，有了稳定的收入。家里面经济情况对比起以前好了许多。

试问在这种情形之下，怎么会拿不出钱来呢？叶梦影当然知道母亲故意哭穷，是为了将她兼职所得的所有积蓄全部收缴。

叶梦影在电话里头听着她母亲的话，心凉了一截，整个人宛若置身冰窖中。

她知道母亲向来偏心弟弟，可现在这手段越发过分。父母是通过不断压榨她，来成全她弟弟，来成全那个家庭。

叶梦影想到自己的处境，就觉得可悲可叹。

“妈，我也拿不出钱来。自从我念大学之后，你们就没怎么给过我生活费。我平时做了点兼职，所赚的微薄收入，都用来补贴生活费了。”经过一个学期的努力兼职，叶梦影确实存了一些零用钱，不过那是不能轻易挪动的小金库，是拿来以备不时之需的。

叶梦影当然不愿意母亲把她的小金库全部剥削掉。

“怎么可能呢？你要没钱，怎么可能买得起 MP3？听你弟说，那个 MP3 是个牌子，少说也得两三百块啊。”刘素香压根不相信叶梦影的话，“你要想想，我们省吃俭用供你读了那么多年的书。你弟弟现在需要你，你心可不能这么硬，咱们可都是一家人啊！”

“要是赔偿事情没有处理好，对方就会把你弟弟告到法院去。到时候，我们全家都吃不了兜着走，你可得好好掂量掂量！”

“影子啊，听妈的话，帮你弟弟一回。你弟弟也不是忘恩负义的人，等他有能力之后，肯定会回报你的。三十年河东三十年河西，将来的事谁也说不准，你指不定还要靠他呢！”

刘素香早摸准了女儿吃软不吃硬的性子，要想让叶梦影乖乖掏钱，只能苦口婆心打亲情牌。

叶梦影没有把 MP3 是李远所赠的事情说出来。因为她知道，要是让自家母亲得知后，会更加刨根问底，给她带来无穷无尽的麻烦。

叶梦影含糊应答了几句后，很快挂了电话，当然只要她一天不掏出钱来，耳朵别想一天得到清静。

第二天，刘素香的夺命连环扣又来了。连着被“骚扰”了好几回，叶梦影已经没有耐心了。

她疲于应付，最后只好又一次妥协了，几乎将自己的小金库全部贡献了出来。

当叶梦影把钱打过去之后，刘素香在电话里头才一直笑着，开始夸奖叶梦影懂事、有责任感。

刘素香确实得意了。可叶梦影十分沮丧，因为她一直是处于被迫状态的。

看着自己好不容易存起来应急的小金库一下子空了，叶梦影十分无助，她又偷偷哭了一场。她知道自己要想有美好的未来，必须早点脱离原生家庭，脱离这吸血的魔窟。

这件事情让叶梦影情绪低落到谷底。她不像以前一样和李远联系得那么频繁了，而且两人聊天十分简短，再没有以前的谈天说地了。

叶梦影总是寥寥数语。李远发现了她的异常之处，关心地询问了好几回。

叶梦影也不知道该如何去和李远说，生怕自己的负能量影响到对方。

因此隔了好几天，等自我消化完。叶梦影才调整好心态，更好地面对李远。

“梦影，你这几天状态一般，是不是又遇到十分困难的事情了？”李远语气中透露着三分焦急，七分关心。自从火车站再见面之后，李远发现叶梦影在他心中越来越重要。他很想替对方排忧解难，不愿叶梦影瘦弱的肩膀，承载着那么多压力。

“没什么啊。最近就是感觉到有点累，做什么事都提不起精神来。”叶梦影在电话中轻轻敷衍了过去。她觉得李远也很不容易，不想自己家里的那些破事一直影响对方的心情。

李远早已知道了叶梦影的为人，这是一个非常善良又坚强的女孩。遇到什么事，都选择自己一个人默默扛，从不愿意透露心声。正是这样的叶梦影，让李远更为心疼。

“梦影，你遇到什么困难就和我说好吗？我不希望你一个人承担那么多，你也是个女孩子，也需要别人关心和疼爱。”

李远的真诚和温暖又一次触动到了叶梦影的心弦。叶梦影再也绷不住了，所有之前隐藏好的情绪，如决堤的洪水一般宣泄出来。

叶梦影把母亲剥削她的事情，一五一十说给李远听。李远听后，内心也觉得无比震撼。虽然他家里也很穷，可父母至少不会剥削他。

李远从未遇到过类似的事情，也不知如何去处理，因此只能不断安慰着叶梦影。

李远想给叶梦影关怀和爱，然而这时，他发现自己对很多事情都无能为力。叶梦影的原生家庭，过于薄情了。

这时，李远的脑海中不由自主闪过一个念头：叶梦影的母亲，以后会不会把女儿当成一棵摇钱树？

李远很想知道叶梦影的真实想法，于是试探性问道：

“梦影，如果以后你遇到一个经济能力很强大的男人。他可以帮助你解决人生中百分之九十的困难，你会不会选择他做你的人生伴侣？”

“不会。我只想靠自己，从没想过依靠男人！”叶梦影当即反驳李远，从小到大，她从来没有过这种念头。叶梦影一直拼命努力读书，只想通过自己的力量，跳出贫困农村家庭。

李远非常敬佩叶梦影的骨气。毕竟在这个年代中，有无数外表靓丽的女孩子，都渴望通过结婚找个有钱的配偶，来改变人生命运。

李远一时间来了兴致，继续询问道：“梦影，那你以后的择偶观是什么？或者说你会选择什么样的男人，来当作结婚对象？”

忽然，叶梦影似乎意识到了什么。李远分明是在试探她啊。

叶梦影很是害羞，脸颊绯红。她匆匆挂断李远的电话，因为还没有做好谈恋爱的心理准备，不知如何去回答李远。

她心中却悄悄做着设想，如果未来结婚对象是李远的话，她肯定不会排斥，相反心中还会很欢喜。因为叶梦影已经对李远有了好感。

李远是一道光，照亮着她原本沉寂昏暗的人生。在她最绝望的时候，李远给了她鼓励和安慰，将她从高考失意的深渊中拉了出来。如果没有李远给她指明方向，恐怕她现在还是混沌迷茫状态，毫无斗志可言。

叶梦影感激李远，欣赏李远，钟情李远。如果说她现在要想选一个人谈恋爱的话，那她一定会选择李远。

因为喜欢上李远，叶梦影和万千情窦初开的少女一样，想送给心上人特殊的礼物。想起李远上次送了珍贵的 MP3 给她，叶梦影一直苦于不知如何还礼。

在闲聊中，她得知李远对于自身要求比较高。平常安排得都比较充实。她这时心里有了一个小小的愿望：那便是送一块手表给李远。

可眼下，她却囊中羞涩。存下来的小金库，被自己母亲剥削得所剩无几了。叶梦影思来想去，她只有通过勤奋努力学习，争取拿到奖学金，才有能力送给李远礼物。

叶梦影从此更加努力拼搏。挑灯夜读是她的常态。功夫不负有心人，叶梦影的付出又迎来了完美的回报。她顺利拿到了大学第一笔奖学金。

叶梦影本该很高兴，可莫名之中，她又陷入一种惆怅。她一方面觉得现在要以学业为主，不是谈恋爱的时候。另一方面又很担心，像李远那么优秀的男孩子，会不会被其他女孩抢走？

骨子里带着些许小骄傲的叶梦影，终于体会到了患得患失的感觉。

近来一段时间，李远出现在她梦中的次数越来越频繁。她梦到和李远一起逛街散步，一起探讨人生哲学，甚至在樱花树下拥抱。

当梦中的温馨画面不断袭来时，叶梦影意识到了，自己已经深深喜欢上李远了。

叶梦影给自己打气，她难得有喜欢的人，应该要努力追求才对，绝不能畏畏缩缩。

为了表达自己的心意，叶梦影给李远挑选了一块手表。虽然不是名牌，但她挑得特别用心，连逛了好几个地方。挑完礼物后，叶梦影写了一封信夹在手表盒中。这不是普通的信，而是叶梦影表达心意的物件。

叶梦影的字写得很好看，她在信上写下了一行行规规整整的小楷。她将心事和情感全部付诸笔端，字里行间尽是对李远的浓浓爱意。

将隐藏了这么久的缱绻心思，全部表露出来后，叶梦影有种如释重负的感觉。她同时也很期待，期待李远能给她一个热烈回应。

忙碌完私事后，叶梦影继续将时间和精力投入到了学业当中。她想到了李远曾经说过的话，让她努力争取当出国交换生的机会，这既可以增长眼界，同时也能给人生履历镀金，对未来发展很有帮助。

因此，叶梦影开始专心准备学校组织的英语演讲比赛。

毕竟，想出国当交换生的第一步，就是要不断提高自己的听力和口语水平。

第 10 章　爱的核动力

很快，李远收到了叶梦影的礼物。他小心翼翼打开礼盒，映入眼帘的是一块手表。李远细心将手表捧出，虽说这手表不是大牌，然而对李远来说意义重大，堪称珍宝。原因无他，因为这是叶梦影赠送的。

李远反复看着手中的手表，眼角眉梢都是笑意。这时，他发现手表盒中还有一封信。李远十分好奇，赶紧拆开信封，细细阅读了起来。

信上写满了一个女孩子的心事，字里行间都是满满的倾慕之情和爱慕之意。李远越读心中越是欢喜。

作为男人的他，心底那一抹柔软也被轻轻触动着。

李远非常清楚叶梦影的个性，像她这么漂亮、有才华，还略有小骄傲的女孩子，一般很少去向男孩表明心意。

李远和叶梦影是高中校友，同作为学校的风云人物，李远自然也从别人口中听到了叶梦影的大名。据说当年追求叶梦影的人，都可以排到校门口去了。那些向叶梦影送情书、送礼物的人通通被拒绝。如此高傲的女孩眼下倾慕于他，这怎能不让李远激动欣喜？

因为李远也早就喜欢上了这个漂亮又倔强的女孩子。

叶梦影非常有才情，这从她写的这封表白信就能窥探出来。不像一般女孩子表达得那么直接热烈，她言语含蓄，可却十分打动人心，甚至还引用了纳兰的词。

一封表白信尽显文采飞扬和拳拳心意。李远读后感动不已。此时此刻，他真想自己可以插上一双翅膀，立刻飞到叶梦影的身边，向叶梦影做出最热烈的回应。

世上最美的感情，莫过于两情相悦、心灵相通。

李远将这封表白信反复读了又读，每读一遍，都别有一番体会。他最后将信折叠好，夹在一本书中。每次学习完之后，晚上总会把这信拿出来看几遍，这封信就是李远为之奋斗的动力。

他爱叶梦影，他要努力学习勤奋向上，以后找份好工作，让叶梦影过上安逸生活，带她脱离那个无底洞般的原生家庭。

李远精神抖擞，全身上下激情澎湃。

叶梦影既然表明了自己的心意，作为男人的他，当然也要给予回复。不过在文采方面，李远是稍稍逊色叶梦影的。为了将自己的表白信写得与众不同、富有才情。李远一直泡在图书馆中，翻看无数古典诗集，几天之后，终于来了灵感。夜晚时分，在昏黄的宿舍灯下，他借着新买的钢笔，把自己的一番爱意写在了信笺上。

叶梦影收到李远的回复之后，欣喜不已。两人不言而喻成为男女朋友，叶梦影每天和李远分享学习、分享自己的心情，把快乐和难过都说给李远听。

当自己的身份有了转变，从以前的学妹变成女友后，叶梦影会把从前许多压在心中不愿诉说的心事，都和李远分享。

叶梦影从前对原生家庭之事，都是避而不谈的。现在她却很想告诉李远，想让李远了解她的一切。李远听完之后感慨万千，当然更多的是心疼。

李远也终于了解到叶梦影清冷外表下那一颗敏感的心。

“梦影，以后我们一起努力，一定会过上幸福生活。”李远一边安慰着叶梦影，一边向她表达出对美好未来的渴望。其实李远也不是夸大其词，他觉得凭借名校金融专业毕业，再加上自己很上进这两点，肯定能找到一份像样的工作。

叶梦影爱李远，欣赏李远，在心上人的熏陶之下，她有了更多的学习动力。浑身如同注入了新鲜血液一样，格外激情澎湃，再没有以前的萎靡颓废。

正当叶梦影又兴致勃勃着，现实给了她又一个打击，这次打击不是来自家庭，而是来自英语演讲比赛的失利。叶梦影为了能得到成为交换留学生的机会，一直努力复习英语，日日锻炼口语。甚至为了能取得好成绩，她还特意节衣缩食拿出了一些钱，去报了一个口语班。她为此付出这么多，却并没有得到相应回报。

因为英语演讲比赛的第一名不是她，而是她的室友姚美美。当这个消息传出时，不仅让叶梦影大跌眼镜，也让她的室友们十分震惊。由于每个班级只选一名，她的希望破灭了。

叶梦影很不甘心，明明当时在比赛现场，所有评委和同学一致认定她的表现最为突出。她是众望所归的第一名！

最后结果竟然是半道被姚美美截和了。带着委屈和不甘的心情，叶梦影找到了辅导员询问。

辅导员姓张，是个四十来岁的女性。她有些趋炎附势，喜欢家境优渥的学生，比如姚美美这样的。

“张老师，我想请问这次英语演讲比赛的名次问题。当时我的分数明明比姚美美高，为什么最后第一名给了姚美美呢？”

张辅导员笑了笑：“原来是关于这件事啊。你这次比赛发挥不稳定。有的老师给你分数打得非常高，有的老师给你的分数很一般。我们最后都是舍弃最高与最低的，取平均分来排成绩。姚美美的平均成绩要比你高一些。”

这当然是辅导员的谎话。叶梦影的表现不说无可挑剔，但绝对是比姚美美出色不少的。对于张辅导员的这一番说辞，她也十分不认同。

叶梦影骨子里带着倔强和正直，面对不公平的事情，她会据理力争。辅导员执拗不过她的刨根问底，最后还是妥协，告诉她实情。

“梦影啊，你还是太年轻了！老师知道你也是一个很优秀的学生。可有时候在现实面前，优秀也显得无能为力啊。国外交换生一年需要花几十万的费用，而且都是自费，学校只会补贴很少一部分，连零头都不到。”

“你根本没有这个经济实力，不如把机会留给姚美美，况且姚美美与你的差距也不算很大。”

辅导员云淡风轻说着这番话，在她看来这不是什么大事。如果一个学生经济实力不允许，那把名额让给其他有需要的人，这是情理之中的事。可对向来十分正直的叶梦影而言，这件事是对她极大的侮辱。

“张老师，我真的不能接受这样的事情。”叶梦影心情崩溃，一直颤声道。

“有什么是不能接受的呢？梦影啊，老师知道你理想远大，有眼界和野心是好事，可是一味地追求远大理想，却忘记了自身实际。那就不叫梦想了，而叫妄想。”辅导员微笑着和叶梦影讲道理，可在叶梦影眼里，眼前这位老师是多么的虚伪。

辅导员的话，句句戳中了叶梦影的痛点。

叶梦影没有再继续辩驳什么，她失魂落魄地从办公室走出，眼泪夺眶而出。

在叶梦影陷入孤独无助的时候，她第一时间想到的是李远，于是下意识找李远倾诉。

宋海洋知道叶梦影的事后，对她给予了最大安慰和鼓励。当得知叶梦影已经深陷情网时，理智老成的宋海洋发出了声声叹息。

她劝说着叶梦影：“梦影，网恋是不靠谱的事。你不能把精力过分投入其中。你眼下应该以学业为主啊。更何况你和李远之间的事情连网恋都算不上。只会浪费时间精力，你又何苦呢？你是个聪明的女孩，应该知道怎么取舍。”

世上没有不透风的墙，叶梦影这段恋情很快被室友知晓了，倒不是宋海洋透露的，是李远那边时常有书信寄来，日子久了总会被人看出端倪。

因为觉得非常稀奇的是叶梦影居然也会想谈恋爱，一个个好奇不已，纷纷来打听她男朋友的情况。叶梦影倒也没有藏着掖着，她确实也想给李远一个合适的身份，两人青春年少，光明正大谈恋爱，又有何畏惧呢？

叶梦影大大方方承认了。

当姚美美得知叶梦影谈恋爱的事后，也开始劝说她：“梦影，网恋真的很不靠谱，像你这样的好学生就应该努力学习，现在盲目谈恋爱，只会自毁前程。”

姚美美说这话的时候，叶梦影觉得很搞笑。如果是宋海洋劝说她，她也许会听进去几分。但说这话的人竟然是姚美美，一个经常带着男朋友招摇过市的人，如今却反来劝说自己不要谈恋爱，这真是滑天下之大稽！

叶梦影十分不爽，对这位只许州官放火、不许百姓点灯的姚美美很是不满。

叶梦影正准备回怼过去，可她话还没开口，只听姚美美继续滔滔不绝道：“和姐妹们分享个好消息，我爸说等我大学毕业了，让我找个档次中上的酒店上班，先熟悉一年运营业务，然后就给我启动资本，让我自己在三亚开一家海景酒店。如果我以后成功了，就带你们一起走向辉煌人生。”

宿舍的女孩子们不怎么拜金，但是当听到姚美美说要创业的话后，大家还是忍不住露出羡慕神色。

姚美美可真是人生赢家啊。许多人终其一生的终点，都不如姚美美的起点。

叶梦影听后，心中百味杂陈，再也说不出回怼姚美美的话来。人与人之间的差距真的很大，以家庭背景来论，她和姚美美之间就是天壤之别。姚美美毕业后，可以高枕无忧去开酒店。而她毕业之后，就要开始为租房子找工作发愁。

姚美美也看出了叶梦影的家境非常清贫，才劝说叶梦影要好好学习，不要把时间浪费在谈虚无缥缈的恋爱上。

姚美美出身商人之家，很是现实，她教会叶梦影要看清现实，不要活在梦想当中。姚美美虽然是没吃过苦的大小姐，但本性也不坏，只是讲话时让人觉得有些盛气凌人，一副高高在上的样子。

姚美美挺欣赏叶梦影的，不愿意室友被虚幻的网恋欺骗，害怕叶梦影会上当，所以才友情提醒着。

眼尖的姚美美看到叶梦影凝重的脸色后，并没有往下说，自觉有些无趣，很快便尴尬地离开了。

姚美美的话，字字句句锤击着叶梦影的心。她家境贫寒，拼不了父母，只能凭自己！她就不信这个邪，难道贫寒的人就不能翻身吗，她一定要做出一番作为来给姚美美看看。

佛争一炷香，人争一口气，这种不屈不挠早就深深刻在了叶梦影的骨子里。

失去了这次英语比赛的第一名，叶梦影并没有继续失意下去，也没有如她那些室友所说的，一直沉溺于恋爱中，耽误学业。叶梦影重新规划大学生涯，她十分上进，默默将别人的轻视当成前进的动力。

叶梦影改掉了许多不良习惯。她每天起早贪黑学英语、法律、财经、计算机，这些虽然和专业无关，但却是非常实用的技能，是未来找工作时的敲门砖。

叶梦影的青春并不只仅仅局限于学习，她依然谈恋爱，只是她的谈恋爱模式和大多数人不一样。她和李远之间没有风花雪月的浪漫，有的只是彼此互相鼓励的话语。

因为有了李远，叶梦影前行路上并不孤单无聊。

她在李远的带领下，找回了高中时代的那个自己，开始了几乎疯狂的学霸模式。

叶梦影是个奇特存在，她真正做到了学习恋爱两不误。

第 11 章　千里依靠

自从送表事件后，两人互相言明心意，叶梦影和李远正式谈恋爱。尽管隔着手机屏幕，相距千里，可两人之间的关系并没有变淡，相反越来越亲密，因为彼此都知道，维系异地恋极其不容易，更要倍加珍惜。

从叶梦影的种种描述中，李远知道叶梦影的父母非常重男轻女，对儿子视若珍宝。认为叶梦影将来要嫁出去成为别人家的人，在她身上投入得越多，亏损就越大。

如此优秀的女孩子，本该是父母的掌上明珠才对，却在花样年华承受着来自父母和家庭所赋予的种种压力。

身处在这种环境中，难怪叶梦影眉宇之间总是笼罩着淡淡清愁。想到叶梦影的处境，李远更加心疼了。他在心中暗暗发誓，一定要对叶梦影加倍好，一定要带给她爱、温暖和快乐。

李远也算是个言出必行的人，他是这么说的，也是这么做的。当得知叶梦影的父母很少与她联系，甚至从叶梦影大一开学之后就没再来过，李远万分唏嘘，他把这件事一直记在了心上。

李远非常清楚，像叶梦影这样的人，极其缺少家庭温暖，骨子里多多少少有些自卑。所以，在这之后，他开始扮演如父如兄的角色。在日常生活中，对叶梦影极其温柔、照顾有加。

当得知叶梦影生活拮据时，李远毫不犹豫把自己所存的钱贡献出来。叶梦影也不是贪财之人，绝不会要李远的钱，一直是拒收的。后来李远发现了个更好的法子，不再给叶梦影寄钱，而是给她买各种生活必需品。

李远到底是个男孩子，他虽然十分温柔，但对女孩子的生活细节，了解得不是很清楚。因此李远有时候会借机询问女生，该如何赠送东西既能维护女友的尊严，又能让她开心收下。

李远的好友也十分给力，给出了非常有效的提议。因此，叶梦影时常收到的许多小礼物，既不是很贵重，又非常实用，还不失小浪漫。这让叶梦影心花怒放，同时也暗自佩服李远的细心认真。

随着不断深入了解，李远发现叶梦影清冷外表下，有着一颗极其单纯的心，甚至有点小路痴。

李远很不放心叶梦影一个人出远门。因此他决定以后就算节衣缩食也要先送叶梦影去学校，再返回西安交大。虽然来回需要坐三四天的火车，可李远也不觉得艰苦和心酸，相反还乐在其中。

叶梦影很感激李远，同时心中也认定，他是一个有责任、有担当、值得依靠的男人。

时光悄然流逝，很快来到了大二的寒假。为了能有更多的相处时间，李远和叶梦影约定提前去学校报到，两人踏上了求学的征途。

以前，叶梦影大多是独自一人坐着火车前往海南，路途无聊。自从有了李远的陪伴，她忽然觉得这段漫长的路程也充满了乐趣。甚至希望时间再过得慢一些，她和李远之间能相伴得更久一点。

火车前行，车窗倒影层层闪现。叶梦影靠在李远肩膀上，默默欣赏着窗外的景色。

闻着李远身上的气息，叶梦影觉得非常安心。

“会不会累？如果累的话，那我给你换个卧铺吧。”李远轻抚着叶梦影馨香的发丝，柔声问道。

“不累，有你陪着我，一点都不累。”叶梦影浅笑着回答，其实坐这么久的火车，任何人都会觉得疲倦。只是她很开心，欢喜之情大于疲倦之意，所以并不觉得累。

“那吃点东西吧，这一路上，你也饿了。”李远拿出事先准备好的零食小干粮，拆开包装后才递给叶梦影。

叶梦影越是看着眼前温润如玉的男人，心中越是欣喜。不知为何，她脑海中竟幻想出了以后和李远结婚生子的画面。李远那么顾家、那么疼爱她，她一定会过得很温馨幸福。

李远怕叶梦影一路上无聊，开始给她讲解着西方历史和欧美文化。李远学识渊博见多识广，讲起这些来头头是道。

他讲到人类起初时，旁征博引幽默风趣，很有意思，让叶梦影听得精神抖擞津津有味。

此刻的李远，俨然就是一本鲜活的人文地理书，让叶梦影受益匪浅，同时也极为惊讶。

“李远，你是理科生，怎么会懂这么多啊？”叶梦影好奇问道。

“我要是只学理科那知识面太局限了，只学天文不学地理，就和专科生没太大区别了。全面发展的才算正统的本科生嘛，文理通吃才能对得起名牌大学学生的身份呀。”

李远柔柔一笑，其实他还隐藏了一个小秘密。那便是自从认识叶梦影之后，他非常钦佩叶梦影的才情。为了能够与叶梦影有更好的话题和默契度，李远经常泡在图书馆阅读古今中外名著，以此来提升自己的文学素养。

“原来如此，怪不得你与寻常的理科生不太一样。”叶梦影细细回忆起来，确实很不一样。李远才情纵横，幽默风趣，思维更偏向于文科生。他一点都不像普通理科生那般死板。

叶梦影和李远在一起非常舒服，有种如沐春风之感。

在李远的陪伴和照顾之下，叶梦影拥有了一个非常轻松愉快的旅程。

经过几天几夜的行驶，火车终于抵达海南。

李远找了个地方安顿好之后，将家里过节时所做的美食，拿出来送给叶梦影品尝。

“这是我妈做的甜点，我也参与了，你快尝尝，很好吃哦。”李远迫不及待，想把最好的东西都给叶梦影。

“真的好吃。”叶梦影吃了一块小点心，赞不绝口道。

说完之后，她又拿了一块点心塞到李远嘴里，两人边吃边开心笑着。

“还有一个做熟的猪后腿，是我家自己用粮食养的猪，我妈专门给你留的。”李远一边说着一边从行李箱里拿出来，此时的猪腿由于南方天气太热和路途遥远，已经长绿毛了。

李远遗憾地说道：“我来的时候老家还在下雪，没想到这么快就坏了，我可是用睫毛夹一根根拔了三个多小时才彻底择干净的，太可惜了！”

叶梦影感动地盯着猪腿，没有想到李远比自己想象的还要细心……

两人将所有东西都安排妥当，趁着几天假期，叶梦影和李远游逛着学校附近的步行街。

两人吃了很多美食，不过这些非常经济实惠，并不昂贵，都在李远的承受范围之内，叶梦颖非常识大体，也不想什么都花李远的钱，有时她也争着抢着付钱，不过都被李远一一劝阻了。

“梦影，你别和我抢着付钱，请你吃东西，我特别开心。你就保留一下，我作为家长的小小成就感吧。”

叶梦影被李远逗笑了，也就没有和他继续见外下去。

路过一家小店时，李远看中了一条女士天蓝色围巾，他上前询问价格，很快便将围巾买了下来，送给叶梦影：“这两天，我看了天气预报。说最近会有冷空气，这条围巾摸上去质地很好，很暖和。我把它送给你吧。”

叶梦影觉得李远已经为她付出了很多，再这么让对方破费，自己会非常愧疚。于是摆摆手，委婉拒绝了：“不用，我家里面还有一条粉色围巾。”

李远猜测出了叶梦影的用意，对方这么说，肯定是为他省钱。

“梦影，我们现在是恋人关系，你怎么还和我这般客气见外？身为男朋友，送给女朋友一条围巾，不是理所当然的事吗？快戴上吧，你要是再和我客气，我会伤心的。”

见李远这么坚持，叶梦影也不好意思继续推让下去，只好接受，心里却是美滋滋的。

除了品尝着小吃美食外，李远还给叶梦影分享了很多事情。比如他用做兼职赚的钱报各种培训班，提升自己。还有他用兼职赚的钱，去国外增长见识。

李远豪情万丈和叶梦影诉说着他的远大抱负。年轻人站在桥上，双手张开臂膀，兴致勃勃道：“梦影，你要相信我。我以后一定会有出息，一定会让你过上幸福生活！”

叶梦影看着明眸皓齿、神采飞扬的李远，觉得这人真是个宝藏。她也期待着李远功成名就的那一天。

两人逛完之后，已经是夜里十点了。街上的人也已渐渐变少。

坐了好些天的火车，又加上逛了这么久的街，叶梦影纵然再怎么兴奋，脸上也难掩疲倦之色。李远看出了她的劳累，轻轻说道：“逛了这么久，你也累了，我送你早点回去休息吧。等你有空了，我们再出来溜达。”

叶梦影确实疲惫了，她点点头：“好，那我们过两天再来玩，反正还有些时间。”

两人走在华灯璀璨的长街上，灯光将他们的影子拉得很长，影子渐渐叠合一处，氛围瞬间有些暧昧起来。

李远一路送叶梦影回到宿舍楼下，他非常守规矩，从不要求叶梦影和他一起在外面过夜。

叶梦影站在宿舍楼下时，夜风吹过，瞬间周围温度又降低了不少。李远赶紧走上前去，把叶梦影的围巾拢了又拢，温柔道："夜里海风大，你快些进去吧，我也马上回旅馆休息了。"

李远说完之后，又恋恋不舍看了几眼叶梦影，这才转身离开。他不知道的是，叶梦影在外面站了很久很久，一直等看不到李远的身影，才走进宿舍楼。

从此之后，叶梦影更加欣赏李远的正人君子之风。她真想不到，在现在社会中，还有坐怀不乱的柳下惠。

在海南的几天里，李远又陪着叶梦影逛了许多地方，很多商店小吃街都留下了两人的足迹，这是一段能够伴随他们一生的美好回忆。

到了返程日子，李远和叶梦影依依惜别后，又坐了几十个小时的火车回到西安。

第 12 章　理想很丰满

等李远离开之后，叶梦影发现自己对他的思念与日俱增。除了在电话里头表达着自己的情意外，叶梦影会每周定期给李远写信。

李远也会很及时回复。两人的恋爱模式，颇有古代人鸿雁传书的意境。

一封封信，从海南飞到西安，从西安飞回海南。信中寄满了青涩的爱恋和遥远的思念。

李远时常期盼与叶梦影相聚的场景，后来终于迎来了一个假期。李远特意跑到海南去，把叶梦影接到西安来。只是这一次，两人没有选择在西安游玩，李远把叶梦影带到了自己的母校。

叶梦影心中一直种植着一颗名校种子，只是因为当初高考失利，这颗种子才被压在心底。来到西安交通大学后，感受着百年名校气息，叶梦影心中压着的这颗名校种子，好像偷偷钻了出来。她心情格外激动。

叶梦影漫步在西安交大的校园中，瞬间被里面浓烈的学府氛围深深感染着。学子们孜孜不倦求学，学校每个角落都洋溢着青春奋斗气息。

这是叶梦影所就读的海南师范大学，完全无法与之相比的。

除了上述因素让叶梦影心情激动外，还有一个最主要的因素，那便是西安交大是李远就读的学校。这是她男朋友增长学问和努力奋斗的地方。

叶梦影一边挽着李远的手，一边感叹道："以前时常听你提起西安交大，我一直非常向往。现在终于来到这里，一睹名校风采了。名校就是不一样啊。光是走进来，便能让人涌动一股激情和热血。"

"怎么？我们的叶大才女，又要吟诵慷慨激昂、指点江山的文字了吗？"李远笑着打趣道。

"讨厌。"叶梦影将一记小粉拳，轻捶在李远胸口。

"啊，痛。"李远假装皱眉，痛呼一声。

叶梦影以前听李远提起过，他有时候会胸闷不舒服。联想到那些，叶梦影顿时被吓到了，赶紧松开挽着李远的手，迅速问道："怎么了？要不要紧？"

看叶梦影这般焦急的模样，李远嘿嘿笑了起来："当然是不要紧啊，我逗你玩呢。"

说罢，李远用手指轻刮了下叶梦影的鼻尖：“你可真是个小傻瓜。”

“哼，又欺负我。”叶梦影佯装生气。自从谈恋爱之后，叶梦影的情绪更加丰富了起来，再也不像从前那般清冷孤傲。她和普通陷入爱河中的女孩子一样，时常会表现出娇嗔模样。

“好啦，不要生气哟。我最美丽的小傻瓜。”李远哄着叶梦影。

“你才是傻瓜呢，你是天底下最傻的笨猪。”叶梦影轻哼一声。

“好，好，我是笨猪。你是笨猪的老婆。”李远笑容灿烂地给叶梦影也寻找了一个称呼。

两人边走边打趣着。这画面温馨幸福极了。在西安交大附近逛了三天之后，李远又不顾舟车劳顿地将叶梦影送回海南，自己再坐车回学校。

因为爱情，李远并没有觉得奔波是一件多么麻烦的事情。反而觉得，等车也是一种幸福。

岁月匆匆，时光悄然流逝。不知不觉间，李远和叶梦影之间的这段异地恋，已经持续两年多了。两年大多是靠电话和网络联系的，只有短暂的几次假期相聚。

好在每个假期都不单调无聊。两人走过很多地方，看过不少风景。这些点点滴滴回忆起来，是这般清纯美好，无形中填补和丰富着这段遥远的异地恋。

虽然聚少离多，但因为彼此有共同的信念，所以哪怕身处异地，李远都觉得很开心。他们彼此都在用心培育着这段感情，都希望爱情生根发芽，最后长成参天大树，结出累累硕果。

当然这时，李远也迎来了他的大四生涯，还有两个多月便要毕业了，同学已经纷纷开始找工作。看着大家热情高涨的样子，李远倒也淡定，因为他对自己的能力还是十分有信心的。

李远在网上查阅了一番资料之后，又结合实际情况，打算去海南看看有没有合适的工作。因为去海南工作就可以见到叶梦影了。李远想把这段异地恋变为朝夕相处的陪伴。

不过想寻找一份合适的、有前途的工作，必须要做好提前准备，未雨绸缪是极其重要的。李远也发现了海南这座城市的不足之处，没有什么合适自己专业的工作。

要想去海南发展，只能舍弃专业，转向其他岗位的工作。寒窗苦读十年，好不容易从大学毕业，并且有着很扎实的功底，李远不愿意这么轻易便放弃金融专业。

思来想去，李远改变计划了。

李远打算先实习一段时间，等毕业了就去深圳发展。深圳非常繁华，就业岗位很多，这对自己的发展很有益处，而且深圳离海南也近，他也有时间去探望叶梦影。

选择去深圳工作，于当下的李远而言，是个两全其美的计划。李远和叶梦影在电话里诉说着自己的打算。

叶梦影听完之后，十分赞成："我觉得你的想法非常好，深圳是繁华之都，非常发达，就业机会广泛。你这么有才华，就应该去大城市一展抱负。说实话，海南各方面都没发展起来，完全不能与深圳相比，你要是强行留在海南工作，只怕是屈才了。"

"深圳离我这边不是很远。等到假期了，我们还可以见面，挺方便的。"

叶梦影虽然也想和李远日日夜夜待在一块，不过，她还是更希望男朋友有个明媚的前途。

叶梦影不像一般的女孩子只会沉浸在情情爱爱当中，在面对现实问题，她还是很有大局观的。她对李远寄予了很高的期望，也相信自己这个优秀的男朋友，一定会在合适的岗位上发光。

李远知道叶梦影对自己情深义重，他也知道叶梦影很想和他待在一起，过三餐四季、朝夕陪伴的生活。因此，李远起初还怕自己说出这番打算，会让叶梦影心情失落。

可听到女友这么温柔体贴的回答后，他心中无比动容。

李远在电话里深吸几口气，深有感触道：“梦影，谢谢你。你这么温柔体贴，实在让我不知道该说什么好，我一定会努力工作的。争取早点给你一个未来，早点给我们一个家。”

“我相信你的能力，不过你千万别给自己太大压力，用最好的心态去迎接工作就可以，我也不想让你因为我而变得这么劳累。李远，我也会和你共同努力的。给我们的爱情一个交代，给我们彼此一个家。”

“李远，放心大胆去追求你的梦想吧，我会无条件支持你。”

李远越发觉得叶梦影难能可贵，在这个人心浮躁的年代，许多年轻女孩子，把所有的压力全压在男朋友身上。

李远宿舍的一个兄弟，就是因为谈了一段恋爱，让自己陷入其中。为了筹备恋爱资金，没日没夜干兼职。女朋友非但不体谅，还一直当作理所当然。

而叶梦影则不一样，每次李远给她买东西她都嫌贵，舍不得花李远的钱。可用她兼职赚的钱给李远买东西，却很大方。相比之下，李远觉得自己真的是非常幸福的人。

叶梦影不图他钱，还愿意和他一起奋斗，风雨同舟，迎接未来的各种挑战。

想想这些，李远就觉得激动，顿时热血沸腾，对未来更有着无穷无尽的期盼。

挂上电话之后，李远精神百倍，又赶紧上网寻找着实习相关资料。

然而，此时叶梦影的心情与李远截然相反，她既为李远感到开心骄傲，也为自己的未来感到深深担忧。

叶梦影的家庭和李远的家庭截然不同。虽然李远也出身寒门，可他父母非常开明，只要是李远想做的有益的事情，他的父母都会无条件支持。而叶梦影的父母呢，不说支持女儿，甚至还各方面给她拖后腿。

叶梦影比任何人都清楚，她父母绝对不会支持她去艰苦创业。她父母是那般狭隘势利，只希望她毕业之后，可以安安稳稳回到县城当个老师，然后结婚嫁人过日子。

父母从来不会考虑她的前途，只想着她毕业之后，可以好好为家庭做贡献，可以好好扶持弟弟。这是父母眼中叶梦影的宿命。

而叶梦影完全不想做一个任父母摆布的人，她是知识分子，有远大的抱负，怎么会愿意回家庸庸碌碌过一辈子呢？她想在更广阔的天空中展翅翱翔，她想混出一番成就来，弥补自己当年高考失利的遗憾。

叶梦影打算毕业之后，就和李远一起去沿海地区打拼，为两人的未来努力奋斗。

可她毕竟只是一个女生，虽然有远大抱负，但却不可能像李远那样完全按照主见去做事情。家里面要是得知她的想法，肯定又会闹得鸡犬不宁。

正所谓理想很丰满，现实很骨感。这句话用在叶梦影身上，再合适不过了。

第13章　青春飞扬

日月如梭，大四的尾声渐渐到来。同学之间相聚四年，很快到了离别时刻，校园生活已经落下帷幕。

是啊，大学毕业，这一天终于来了。在匆忙与躁动中，大家似乎忘记了这四年来的点滴，忘记了一一道别，这到底算是解脱还是退一步的无奈？

李远和同宿舍几个哥们在夜市中喝酒饯行。几人海阔天空聊着人生，聊着未来理想，尽显少年人的血气方刚。

几人端着酒杯，一饮而尽。兄弟们除了互诉昔年同窗情谊外，更多的是对各自未来的美好祝愿。

或许他们这一别，往后余生只会再见一次面，那便是结婚。

李远无法想象出，这一群一天到晚对着路人叫美女的精神病会长大成熟，会西装革履，会娶妻生子。

他也不知道以后会以怎样的语气，对他们说新婚快乐。只愿将他们最好的模样都保留在记忆里。

推杯换盏后，这场小型聚会终于结束。

随着日子的不断推进，李远身旁的许多同学找到了工作，好几个同学都离开了宿舍，各奔前程去了。

宿舍一下子变得十分空荡。只剩李远和起床困难户阿森了。

阿森是个较沉默寡言的人，也许是因为毕业日期将近，他知道同学们以后没有多少相聚的日子，破天荒和李远说了很多的话。

李远告诉了阿森自己的规划，他也默默将实习这事提上日程。

不过趁着大四末尾阶段，还有一些假期。李远在清明节时，特意订了一张去海南的特价飞机票。因为他想着，等实习之后，也就没有更多时间去陪伴叶梦影了。

到了出发前那天晚上，向来是起床困难户的阿森，半夜醒来主动帮李远收拾行李，这令李远十分感动。

阿森帮李远扛着行李，送他去学校门口公交车站，等首班公交车。

“谢谢你，兄弟。以后你要多保重，常联系。”在公交车即将到来之际，李远拍了好几下阿森厚实的肩膀。

“祝福你们，羡慕你拥有我摸都摸不着的生活。去吧，车来了。”

李远用充满真诚与祝福的微笑点头回应着。

公交车到来之后，李远迅速上车，他挑了个靠窗的位置坐下，回头冲着阿森挥了挥手，眼睛有些湿润。

阿森也挥手示意着。

很快公交车启动，阿森的身影渐渐消失在李远视线之内。

李远靠在座椅上，脑海中走马观花浮现着自己大学四年的画面。遥想当初来到西安交大，是带着雄心壮志的。

现在到了离别时，却心生出些许落寞之感，也许是各位同学都有工作，而自己实习还没有着落的原因吧。不过快乐总是大于落寞的。

因为他马上就要见到心心念念的叶梦影了。这已经足够让他兴奋了。

叶梦影贯穿了李远整个青春年华和大学生涯。李远曾在梦中无数次梦见过叶梦影，梦见两人一起散步，一起读书，一起做各种有意义且快乐的事情。只是每次醒来时，才发现是个梦，李远又怅然若失。

在这段持续近三年的异地恋里，两人聚少离多，相会的场景少之又少。只有节假日时，才难得见上一面，李远已经饱受思念之苦了。他最渴望的，便是毕业后能和叶梦影在同一个城市工作，朝夕相伴，共同生活在一起。

虽说这个梦想暂时还没实现，但好像有了一些苗头。李远相信只要毕业了，找到一份好工作，有足够经济能力去改善两人的生活。他和叶梦影生活在一起，也并不是什么难事。

想起叶梦影，一夜没怎么睡的李远脸上不禁洋溢着笑容，他觉得很精神。

一个多小时之后，大巴车在飞机场边上的站台停下。李远快速下车，顺利通过安检，等待了一小会儿后，他开始登机。

这是李远从小到大第一次坐飞机，他异常兴奋。这趟飞行之旅，将两人相隔千里的城市连接。耳畔的轰隆声响起，飞机正式起飞的刹那间，李远心中涌起空前强烈的兴奋和期待。

他和叶梦影马上就要见面了！他似乎看到了两人的光明未来！

翱翔在半空中的李远，一边俯瞰着城市的景色，一边在心中计算着和叶梦影见面的时间。

飞机在空中飞了四个小时后，顺利抵达海口。李远飞快拿起行李箱走出机场，让他大为高兴的是，叶梦影早在机场外等候了。

一夜没睡又一路上颠簸了近六个小时的李远，有些疲惫。可当他看到心心念念的叶梦影时，疲惫感瞬间消失。取而代之的是满脸的喜悦和极度的兴奋。没有比看到自己心上人更让他开心的事了。

不仅李远开心，叶梦影也心花怒放。她盼星星盼月亮，终于盼来了李远。她等这一天等了很久很久，现在总算实现心愿。叶梦影平时是非常矜持的女孩子，可这时因为过于激动，哪怕在大庭广众下的机场外，她还是赶紧走了过去，给李远一个热情而亲切的拥抱。

李远已经习惯了叶梦影的矜持和委婉，现在看到她这么直白热情，突然间觉得很意外。甚至可以说是突如其来的惊喜。

李远紧紧拥抱着叶梦影，抱着她转圈。

“梦影，你可真让我想死了。”

“我也想你。”叶梦影凑在李远耳边轻声说着，“特别特别想你。”

“现在我们终于见面了，这次我能陪你好一段时间。”李远笑容洋溢，他轻闻着叶梦影的发香，深深陶醉。这些年来，他加起来的假期可能都没有这次陪伴叶梦影的时间长。

情之所至，李远也没有像以前那样拘谨守礼，他亲吻了叶梦影的脸颊。

“好啦，李远，注意点，这里好歹是机场呢。”叶梦影还是有些害羞的，能在大庭广众之下给予李远一个拥抱，已经是她可以展现出的最奔放的一面了。

而李远抱着她转圈，似乎已经突破了她最奔放的底线了。

李远非常尊重叶梦影，从来不会强迫她做任何她不愿意的事情。这会儿经叶梦影的提醒，李远也知道自己的行为似乎有些逾矩了，赶紧将叶梦影从怀中放下，有些尴尬地挠挠头：“不好意思，我太高兴了，有些失态。”

“傻瓜。”叶梦影嗔笑着，眼里流露出说不尽的幸福和喜悦。

两人坐上从美兰机场开往市区的大巴，这也许是他们一生中最幸福的时刻了。

李远找了个旅馆暂时安顿下来后，向叶梦影提出去海边游玩的想法，虽说是4月份，但海边还是很晒。叶梦影怕晒，不过她不愿扫了李远的兴致，当下点头答应，很快带着李远来到假日海滩。

傍晚时分，太阳并未完全下山，余晖洒在海滩上，整个海面金光闪闪，格外绚丽好看。

周围一切显得这么平静温馨，像极了张爱玲所说的岁月静好，现世安稳。

李远来自西北地区，从没见过大海，这是第一次来到海边。当见到广阔无垠的大海时，李远心境格外开阔，他张开臂膀，迎面感受着海风的吹拂。

叶梦影和李远并肩而立，她也展开双臂，感受着海浪的气息。

这是叶梦影第二次来到海边。第一次来是开学时，学校组织学生清理海洋垃圾。第二次也就是这次，特意陪李远来游玩。两次的心境截然不同，第一次是带着任务来的，没有多少快乐可言。

而这一次，因为有自己爱人的陪伴，叶梦影兴致高涨。

“李远，海景是不是特别好看？”叶梦影目光柔和，脸上带着微笑，她靠在李远的肩膀上，尽情欣赏着夕阳下的海景。

“很美，波澜壮阔。我小时候的梦想，就是希望有一天能够去大海边看看。现在终于如愿以偿了。”李远露出了满足的笑容，“梦影，要不是这次你带我来，我也不会看到这么美丽壮阔的海洋。今天我们要在海滩上好好玩一玩，才算不虚此行。”

于是两人非常开心地在海滩上嬉戏玩耍。李远捡了一根枯树枝，在海滩上画了大大的爱心，在爱心里又填充着他和叶梦影的名字。

“梦影，希望在往后的日子里，你中有我，我中有你。我们并肩携手，度过人生最幸福快乐的时光！”李远动情说着，处于热恋中的人总是无比温柔浪漫。他恨不得把所有的柔情全部给叶梦影。

“甜言蜜语一套套的，和谁学的哦？老实交代，是不是和很多女孩子说过？”叶梦影调侃着李远。

“哪有？我只对你一个人说过。你又不是不知道，除了你之外，我没有和别人谈过恋爱。梦影你知道吗，一看到你，我就忍不住想对你说各种情话。”李远以前是个性格豪爽耿直的大男孩，不会说这么多情话。自从和叶梦影谈恋爱之后，他那根恋爱神经，像被什么东西撩动着，总想说各种各样好听的情话逗叶梦影开心。

果然，叶梦影被李远逗得咯咯笑着，和李远在一起，她总是这般快乐，好似忘却了世间所有烦恼。

他们两人将鞋提在手里，追逐在沙滩上，玩着水，看着风景，在海边神采飞扬。

从海滩回来之后，叶梦影和李远商量着如何安顿的事，她对附近环境比较熟悉，在得知李远的需求后，迅速通过同学，帮李远联系到了出租房。

“梦影，你跟我一起在外面住，好不好？”李远将行李搬了过来后，站在阳台边上拥抱着叶梦影，柔情款款道。

叶梦影听后，心跳加快了好几拍。她从来没有过和异性在外租房的经历。虽说李远是她的男朋友，但毕竟是第一次在外租房，她还是有些忐忑的。不过忐忑之后，更多的是开心和喜悦。因为能和自己心爱的人朝夕相处。

叶梦影羞涩点点头：“好。”

李远激动地抱起叶梦影转圈。

两人很快开始装饰他们的小房子。叶梦影十分节俭，不愿意浪费钱，为了节省生活费，她只买了一些简单的厨具和装饰品。好在她心灵手巧，即便是用着很便宜的装饰品，也能将这个小房子装点得很温馨。

同居生活是幸福美好的，叶梦影平日去学校里面上课，周五晚上就会出来陪伴李远。等周末的时候，他们会去买一些菜做各种美食。

两人如胶似漆，生活犹如蜜里调油。在这段甜蜜的感情里，他们看到了幸福和希望。叶梦影甚至开始幻想着未来结婚后的日子，幻想着他们会拥有一个真正属于自己的小家，会生育可爱的孩子……

一切似乎都在往美好的方向发展着。

第 14 章　幸福触手可及

李远来到海南，也不全是为了游玩。毕竟现实和生活的压力总是有的，如果他一直不去工作，哪来的收入去维持生活？叶梦影的日子都过得捉襟见肘，总不能要靠着女友去做兼职来养活他吧。

李远决定先在海南找份工作，一来是为了挣点钱解决生活问题，二来也是为了积累实习经验。打定主意后，李远和叶梦影说了自己的想法。叶梦影也对男友的决定表示赞同，同时也更欣赏李远。

叶梦影起初还以为李远会有着很深的名校情结，不会轻易对普通工作感兴趣。没想到李远这么能屈能伸。从这一刻起，她料到自己的男朋友，以后肯定会非常有前途。

李远在网上不断投着简历，他原以为很容易就能找到一份普通的工作，谁知被现实狠狠打脸，简历投出去犹如石沉大海，根本没什么回应。李远每天都在急切盼望着回复，可他每次总是失望。

李远在出租房中惆怅着，他不知道自己哪里出了问题。明明是名校毕业，动手能力也很强，为什么就无人欣赏呢？向来壮志满怀的李远，不由得也陷入自我怀疑和否定中。

对于自诩才华横溢的李远来说，这是一个不小的打击。

半个月时间过去，李远眼睛里的光泽消失了许多。他觉得心中很不是滋味，理想与现实的差距越来越大。他原本想的是以后和叶梦影过幸福安逸的生活，可现在竟然连最基本的实习工作都没落实，何谈给叶梦影幸福呢？

一个大男人连份养活自己的工作都没有，又谈什么理想抱负呢？

李远在心中自嘲了好几回。

“梦影，我是不是太没用了，连份像样的实习工作都找不到。”

“怎么会呢？你是非常优秀的人。”叶梦影见状，赶紧宽慰着李远，“你也别着急。找工作这事急不得，慢慢来吧。你这么有才华，怎么会无用武之地呢？”

李远这会儿正处于失意中，叶梦影的关怀对他而言极其重要，是最能触动李远的。

想起这一路走来的艰难，李远感慨万千，更感动于叶梦影的温柔体贴。

李远紧紧拥抱着叶梦影，无限感触：“梦影，谢谢你，有你真好。我会尽快找份工作的。”

叶梦影缓缓道：“李远，你现在最需要做的就是放松心态。你要是心态不稳，怎么可能找到好工作呢？你想想古代的大人物，哪一个成功之前，没有经历过很多磨难呢？”

“你是块金子，无论到哪里都会发光的。”

叶梦影非常理解李远的苦闷心情，作为一个名校毕业的学生，初入职场便不如意，这确实也是备受打击的事情。她不想看到李远这么焦虑难过，想为李远分担，可不知从何做起。

她眼下还没有毕业，没有正式工作，连生活费都是靠自己兼职凑出来的。想要在经济上帮助李远，是一件难事。可尽管如此，叶梦影还是从自己生活费中匀出了一些钱来，用作她和李远的生活开支。

叶梦影非常勤俭，总是去菜市场边上买老爷爷自己种的十分新鲜的蔬菜。至于生活用品方面，她大多都是去批发市场买。

有时候甚至为了节省一些钱，她每天傍晚去小巷中买水果。对于不需要的东西，她从来不会花钱去买。

正是因为叶梦影的节约有度，极大程度上减轻了李远的经济负担。

叶梦影希望李远不被生活琐事打扰，将精力全部用在找实习工作上。因此，对李远处处关心照顾。

除此之外，她还各种逗李远开心。就如同当初她处于失意时，李远逗她开心一样。为了博李远一笑，叶梦影可谓是煞费苦心。

李远也是足够体贴，每天叶梦影放学时，他已做好美味的饭菜。

女朋友的温柔体贴识大体，让李远备感安慰，更觉得自己幸运至极。同时这也是他找工作的巨大动力。李远在心中默默告诉自己：一定要快些，找一份实习工作。

当然，李远找工作不容易，并非能力问题，而是和海南大环境有关，海南地区发展稍缓，整个城市几乎主打旅游业，这和李远所学的金融专业十分不相符。

李远看了这么多招聘公告，也深深明白这点，可是眼下没办法，他人在海南，必须要因地制宜。环境无法适应人，他只好去适应环境。李远还是不得不将找工作的方向放在旅游业上。跨专业又没工作经验，其中艰难可想而知。

好在最后，李远还算幸运。因为偶然的机会，认识了一个度假区投资公司的老板。更意外的是，这个老板十多年前也是在西安上的大学，两人一见如故，坐下来闲聊叙旧一个下午。

通过聊天，投资老板对李远的基本情况有了大概了解。

当得知李远是为了爱情，想留在海南实习时，阅人无数的老板也惊讶片刻，没想到眼前这个小伙子竟这般重感情。

老板对李远的谈吐十分欣赏，因此连带着对李远的个人能力也产生了兴趣。他给了李远一个实习机会，虽然工资并不高，但总算有了一份工作。

尽管和自己当初预想的期望有落差，可李远还是欣然接受了。因为只要有工作，就意味着有收入，叶梦影就不会跟着他吃那么多苦。

李远笑了，心中积攒的压抑之情瞬间烟消云散。

回到家后，李远将这个好消息告诉了叶梦影。叶梦影也十分高兴。

李远道："我终于有一份实习工作了，虽然工资不高，但以后我也算有收入了。你再也不用那么节俭度日了。每次看到你那么委屈，这也舍不得买，那也舍不得买。我心里就很难受。"

"我没有觉得委屈。勤俭持家，可是一种好品德啊。我从小到大都是这么过来的。"叶梦影虽然一直这么认为，可听到李远的心声，心中莫名甜蜜。自己男朋友心心念念的，都是挣钱给她买东西，改善生活。

"勤俭节约确实是好品德，但我也不能让你委屈啊。以后我的工资都交给你，你想怎么支配都行。"

叶梦影靠在李远肩上，幸福地笑道：“我不用你的钱。我们现在节约些，花不了多少钱。你要是把工资给我，我就给你存着。”

李远拉过叶梦影的手，放在自己掌心尖轻轻摩挲着。

“梦影，遇到你是我今生最大的幸福。有妻如此，夫复何求啊！”李远眼睛里带着对未来深深的期盼，“我要努力工作。买个房子，再按你喜欢的类型装修，让你过幸福的生活。”

这确实是李远心底最真实的想法，这个想法几乎贯穿了李远整个大学生涯。他无时无刻不在告诉自己，要让叶梦影过没有忧虑的生活。

叶梦影点点头：“李远，你是个有责任有担当的好男人，又那么有才华，我相信你一定会有出息，一定能。”

两人紧紧相拥。在彼此温暖的怀抱中，诉说着人生理想和对未来的规划。

正是因为有了叶梦影，李远前进动力无限，尽管只是一份实习工作，可他还是兢兢业业。工作了三个月，他就涨过两次工资。看着工资条，李远想起在叶梦影面前许下的豪言壮语，不禁觉得十分心酸。他只能一边工作，一边寻找毕业后的正式出路。

周末时，李远难得有放松时间。在周六的下午，叶梦影带李远出去散心，他们逛了郊区的桂林洋大学城，在附近开心游玩着。他们一起喂鱼，一起看头顶飞过的飞机。

叶梦影还带李远去吃路边摊，一起去步行街砍价。

傍晚时的海风，带着些许凉意，两人牵手走在天桥上。想起之前和叶梦影逛街时的场景，李远由衷感慨："时间过得可真快啊，想起我们第一次去步行街时的场景，已经是两年前了。"

风吹过时，将叶梦影白皙的脸庞吹得有些红了，她把头深深埋在李远怀间。

"是啊，时间过得可真快，一眨眼我们就相恋两年多了。愿有岁月可回首，且以情深共白头。李远，我爱你。"

"梦影，我也爱你，爱你一生一世。山无陵，江水为竭。冬雷震震，夏雨雪。天地合，乃敢与君绝。"

在璀璨的灯光下，两人诉说着关于爱情的誓言。

热恋中的幸福是这么接地气，又不失浪漫。既有柴米油盐的人间烟火，又有吟诗作对的风雅。这些画面真实地出现在了彼此生活中，永远地印刻在双方最美的青春年华里。

第15章　梦想接近正轨

相爱的日子总是非常甜蜜，这样的时光却又过得飞快，总是不经意间就从指缝流逝，任人怎么抓，也抓不住。李远在海南实习度过了三个月之后，很快便迎来了毕业季。

夏天蝉鸣四起，李远的心情也有些烦躁。想到要离别，他便很是伤感。近三个月的同居生活，他已经完全习惯了有叶梦影的陪伴，如今突然要分别，怕是很难习惯没有叶梦影在身边的日子了。

按照原有打算，他在海南实习工作结束后返回西安，领了毕业证会去深圳发展。虽说深圳离海南也不远，李远有空，也可以时常过来探望叶梦影。但两人想过如同这三个月一样朝夕相伴的生活，已经全无可能了。

恐怕他们又要继续好几年的异地恋了。

难过的不光是李远，还有叶梦影，她很享受和李远在一起的时光，也不忍心和心爱的人分别。可现实总是那么多无奈，两人眼下什么都没稳定下来，不具备长久在一起的条件。

古来黯然销魂者，唯别离而已！

叶梦影是个女孩，心思比李远更加敏感细腻。离别带给她的忧伤更多，有时候想到即将分开的事，叶梦影会默默垂泪。从前那个清冷高傲的女子在恋爱面前，也变得多愁善感。

夜晚，更是将叶梦影这种离情别绪放大到极致。

叶梦影轻轻环住李远的腰身，呢喃道：“李远，我舍不得你，很舍不得你。”

李远也拥抱着叶梦影，长叹一声：“我又何尝舍得呢？可是没办法啊。梦影，只要我在深圳立住脚跟，你毕业后就立刻过来，好不好？我也不想承受与你分别的痛苦了。”

如果李远和叶梦影还没同居，他尚不会这么难过。可他们同居了，有过三个月多的美好幸福时光。现在这种美好瞬间戛然而止，李远一时之间确实适应不了，也承受不住。

既然有过幸福甜蜜时光，谁还愿意过形单影只的生活呢？

李远忧伤的神色和有些痛楚的心声，像是一根细针，轻轻刺痛着叶梦影的心。

叶梦影也感同身受，她回应着李远：“好。只要我毕业，不管你在哪里，我都会去找你，与你待在同一个城市共同发展。”

“梦影……”李远温热的嘴唇轻轻点在叶梦影的唇上。

“李远……”叶梦影也轻轻回应着李远的吻。

宁静皎洁的月光，透过窗户缝隙静静照进屋内。

周围一切都显得那么静谧安详，李远与叶梦影紧紧相拥，两人亲吻着，做着恋人间最美好快乐的事情。

…………

临近毕业季，李远比之前更加忙碌了。他除了要应付实习工作外，还要准备论文面试，整日整夜在电脑面前查资料，这一幕都被叶梦影看在眼里，她十分心疼李远。

叶梦影觉得自己在工作方面，帮不上李远。在生活起居方面，她可是下了好大一番功夫，买了许多滋补的食材炖给李远吃。可李远由于过度劳累，人比起之前来，还是消瘦了一圈。

“要不，你就把实习工作辞了吧，反正也不是长远发展的目标。你这么熬，我很担心你会把自己身体熬坏。”叶梦影忧心忡忡道。

“没事。我还能撑得住。我已经算好时间了，再过十天就返回西安。再上十天的班，也能多些工资。这些多出来的工资，足够你充当个把月的生活费了。”李远一边查阅资料，一边说道。

他这话一出口，叶梦影更是感动不已，心底最柔软的那部分被触动了。叶梦影眼眶微红，点点清泪流了下来。

“李远，你别这么劳累好吗？我不需要花你的钱，我自己也可以勤工俭学啊。”话是如此，可这却不太符合实际，如果换作大一大二，叶梦影确实是有很多空闲时间去做兼职。可眼下到了大三，她要筹备很多工作。

她要准备复习考研，压根没多少时间去做兼职。只要不去做兼职，生活来源就断了。

家里面不管她死活，不会寄生活费过来。叶梦影日子也过得非常紧巴。她现在花的钱，大多都是大二下学期干兼职积攒下来的。

用句通俗的话来形容，叶梦影眼下是在啃老本。至于老本啃完了，该怎么办，她还没具体深究这个问题。估计也只能像以前那样，一碗清粥一个包子果腹了。

同居三个月以来，叶梦影的生活重心几乎都放在李远身上。她为李远打算着一切，甚至已经将自己考研的重心放到了一边。至于和李远分开重新回归学校生活这件事，她都没有去细细打算。

她没有去考虑的，温柔细心的李远已经替她考虑好了。李远把一张银行卡交到叶梦影手上：“除去我们生活开支，这卡里面还剩了六千多块钱。这些钱你拿着，好好准备考研的事。考研是一件非常辛苦的事情，多买些营养品吃。”

李远温柔地抚摸过叶梦影的脸颊：“要是下次我回来时，看到你瘦了，可要唯你是问哦。”

“你把卡收回去，我怎么能要你的钱呢？”叶梦影一直摆手拒绝，李远工作那么辛苦，好不容易存了这笔钱，她是绝对不会拿来用的。

李远轻声说着：“听话，傻瓜。这钱本来就是给你用的。之前我把卡给你，你都没要。那就只好暂时替你保管了。现在我马上要回西安，也应该把银行卡给你了。”

其实，李远以前就很想给叶梦影一些钱作为生活费了。他不忍心看到心爱的人每天日子过得那么拮据，只是不好开口。

因为叶梦影毕竟是一个蛮有自尊心的女孩子。李远怕自己的举动，会无意之间伤害到叶梦影。

现在他工作了，存了一些钱，总算可以正大光明给女友了。

叶梦影极其感动，因为这并不仅仅是六千多块钱，更代表李远的一番心意。李远愿意把自己辛辛苦苦所存的钱，毫无保留交给她，这背后是不言而喻的满满信任感。

叶梦影感动得热泪盈眶，紧紧拥抱着李远，轻轻抽泣。

她本就生得很美，此时脸上挂着泪水，看上去颇有几分梨花带雨、我见犹怜之感。

“傻瓜，再哭下去就不美了。乖。”李远帮叶梦影擦拭着眼角的泪水，眼里充满了爱惜。他将叶梦影的脸捧在手心上，丝毫不舍得对方流泪。

这对感情深厚的恋人紧紧相拥，诉说着最温暖的情话，这份感情是彼此心中最美的眷恋。

十来天后，李远把最后的工作交接完毕，踏上了回西安的行程，叶梦影为她送行。

两人在火车站依依惜别着。李远上车后，叶梦影再也掩盖不住心中悲伤，痛哭流涕。

李远才离开没一会儿，叶梦影便开始思念起对方了。接下来的日子里，她都是在思念中度过的。

李远回到西安后，准备参加论文答辩。他在电话里和叶梦影说着毕业的事情。叶梦影也和李远分享着拿到教师资格证的好消息。两人在电话里，分享着彼此的开心喜悦。

叶梦影对李远的思念与日俱增，她知道想结束异地恋，必须使自己强大起来，必须要拥有足够的经济实力。

叶梦影将思念化为动力，更加努力准备考研的事，一切都在按计划进行。她开启了拼命三郎的学习模式，每天都在图书馆和自习室中度过。只有晚上休息时，才会给李远打电话聊天，以诉说彼此的思念。

某天，李远正在学校食堂吃午饭，忽然接到了海南老板打来的电话，说愿意给李远介绍新的工作。这份工作，是由他在美国开公司的朋友提供的。老板看李远实习阶段兢兢业业，于是便把李远推荐了过去。

从海南老板的电话中，李远得知了这份工作的具体情况。工资待遇很不错，只不过和他的专业不是很对口。

李远之前有过出国的经历，他英语口语很不错，经过几次沟通，和对方交流得还算顺畅。只是公司那边没有给明确的消息。

由于李远之前错过了几次校招，到此时也没有签到满意的工作，而他看到同学们个个都找到了不错的岗位，心中也十分焦急。

于是决定办理完离校手续后回到海南，继续将就之前的工作。他在海南那家公司已经度过了三个月的实习期，接下去，就能顺利成为核心员工，待遇各方面比起之前来要好上不少。

李远思来想去，还是决定先回海南站稳脚跟，等存点钱以图后续发展。当然他也不会把目标全部拴在一个地方，同时他还在向深圳那边的有名公司投简历。

想到要回海南，李远心中又激动着。

海南那边有他的爱，有他的爱人。

因为一个人，李远已经深深爱上了海南这片土地。

第 16 章　意外突如其来

李远已经将工作目标放在之前在海南实习的那份工作上了。他对老板之前介绍的那个美国的工作，完全没抱希望，只是为了积累人脉增长见识。

不过幸运之神还是偏爱他，有天晚上，李远打开电脑时，收到了美国发来的电子邮件。邮件上写着他被录用了，而且还发了正式通知函。

让李远更欣喜的是，这份工作给定的薪资是他实习期间的整整七倍。对于现在处于困窘状态的李远来说，这当真是无比兴奋的事，他激动得一夜没睡。

读了这么多年的书终于看到回报，再也不需要过以前那么清贫拮据的生活了。

李远觉得自己终于要迈出实现理想的第一步了，他胸中涌起一股热血来，迫不及待想和叶梦影分享这好消息。只是忽然想起叶梦影，李远熠熠生辉的双眸黯淡了下来。

他要是去美国发展了，那叶梦影怎么办？从前两人一直维持着遥远的异地恋，这已经足够折磨人了。如果现在他奔赴美国，那他和叶梦影就真正成了异国恋。

异国恋距离太遥远，再加上两人又有时间差，想维系这段恋情就更加艰难了。

想到这些，李远开始难过起来，有些不敢告诉叶梦影自己的打算。因为他清楚，叶梦影非常依赖他，就盼望着他能到离海南比较近的城市去发展。要是叶梦影得知自己去美国发展的打算，肯定会伤心难过，甚至心神不宁。

这种种因素，使得李远没有对叶梦影主动说出工作打算。

这时的李远，在爱情和工作中遇到了一个不小的难题。作为一个男人，他肯定是有抱负有信心的。按照本意，必定要以工作为主。而作为一个恋爱中的人，他又是那么迷恋叶梦影，那么想和对方生活在一起。

所以李远一时间无法抉择，陷入了两难境地。

李远对自己的定位，还只停留在一个学生身份上。毕业典礼结束之后，他怀着复杂又矛盾的心情回到了海南，不知如何开口和叶梦影说这事。同时也在默默为办签证的事情做准备。

回到海南之后，他总算与叶梦影团聚了。只是不像上一次来时那么兴致勃勃，叶梦影察觉到了李远的异样。她问道：“你是不是有什么心事？是因为工作吗？”

直到叶梦影询问他工作相关情况时，李远犹豫了下，才缓缓说出自己的打算。

“梦影，有些事情我想和你说一说，是关于我工作情况的。我之前认识的那位海南公司老板，他给我介绍的那份美国工作，最近几天我已收到了回复。我被正式录用了，而且给予的工资待遇是我实习时的七倍。”

李远还没说完，眼前的叶梦影，便已经有些知晓他心中想法了。

叶梦影接下他的话：“那你是打算去美国那边发展了吗？”

李远确实有这个想法，可是他也不想抛下叶梦影。李远在心中反复纠结着，终于艰难开口回答：“说实话，我确实有这个想法。虽然这份工作和我所学的专业没直接关系，但工资很高，这很吸引我。”

“以前我对金钱的渴望远远没有现在这么强。自从来了海南与你在一起的那三个月里，我真正意识到金钱是那么的重要。”

“没有钱，我们只能过清贫困顿的日子。哪怕想出门下馆子，都要摸摸口袋，钱包足不足，更别说买那些贵重物品了。人家说贫贱夫妻百事哀，这话一点都没错。看到你那么节俭，总是去买最便宜的东西，我心里非常难过。觉得自己不是一个好对象，没有能力给你安定幸福的生活。你知道吗？每次因为这事，我都会愧疚自责好多遍。”

“可眼下不一样了啊。摆在我面前的，是个千载难逢的好机会。美国公司给的薪资那么诱人，我可以存下很多。买房子、买车子这些通通不再是遥远的奢望了，只要我工作三五年，足够买得起这些。以后结婚，我也足够有能力给你一个不用太辛苦的生活。”

李远和叶梦影描述着未来的美好，滔滔不绝。叶梦影通过李远的面容神色，能清晰感觉到对方的热血澎湃。

忽然间，李远的声音没有刚才的慷慨激昂了，他低缓说着：“可是想到你，想到我们的爱情，我心中便有些犹豫。这么些年来，我们艰难地维系着这段异地恋，倘若异地恋变成异国恋，那应该更难去维系吧。对你来说，是不是更不公平呢？”

李远并没有明确表态，他应该做出哪个选择？只是在和叶梦影商量这件事。但是聪明的叶梦影，已经从李远的语气上，分析出了李远更倾向于去美国发展的选择。

这也在她的意料之中。李远是谁啊？是那个胸怀一腔抱负、热血澎湃的优秀青年，他有着高瞻远瞩的目光和很强的事业心。这样的男人，本就该去更广阔的地方寻求发展。怎么能只拘于一块小天地里呢？

虽然叶梦影很不愿意与李远分开，可是既然李远心中已经有了方向，她当然要去支持。更何况如李远所说，这确实是千载难逢的好机会。

“李远，你先不用管我，尽管去追求你的事业吧。你是一只鹰，应当翱翔于九天之外，而不是困在一个小小的地方。”叶梦影强忍住心头的悲伤难过，温柔体贴道。

“可是……我很舍不得你。”李远叹息，“你知道，不和你在一起的时候，有多想立刻飞到你的身边吗？之前那三个月的美好生活，几乎每天都会在我的脑海中闪现一遍。”

“傻瓜，听你的语气好忧伤呢，我们又不是以后见不到了。年轻的时候就该以工作为主，不然哪有经济条件呢？没有好的经济条件，又何谈未来？我可是等着你存很多钱，然后来娶我呢。”叶梦影微笑地说着支持李远的话。

想到心爱的人即将奔赴美国，想到之后两人要隔着大洋，叶梦影的心一阵绞痛。但她却不能将悲伤流露出来，因为怕会影响到李远的选择。

有了叶梦影的体谅，李远宽慰多了，说话间的语气也轻松了很多。

“梦影，谢谢你。谢谢你又一次理解我。这些年你为我做了那么多，事事都为我考虑，我很感激。你放心，只要我存够钱，我们立刻结婚！”李远抱着叶梦影，信誓旦旦道。

李远知道自己能获得这份工作，除了和自身实力以及那位海南老板的推荐外，也有很大一部分运气在里面。运气这种东西是最玄乎的事情，错过这次，就不会有下次。

因此李远告诫自己，一定要牢牢抓住这次运气。他开始认真为去美国发展做准备。

再无后顾之忧的李远十分开心，激情澎湃。只是叶梦影没法像他一样开心快乐着。

叶梦影忽然想到了自己，在某种程度上和李远一样，有着理想抱负，她也想飞到更广阔的天空中翱翔。只是她要飞出去很难很难，叶梦影心里非常清楚。

叶梦影觉得自己就像一只折了翅的鸟，根本无法展翅飞翔。哪怕想飞，恐怕也只能飞一小会儿，便会从空中坠落，然后摔得很痛很痛，体无完肤，甚至粉身碎骨。当年高考的失利不就是最好的证明吗？

她的这种悲观思想，和她那可怕的成长环境有着不可分割的关系。

从小到大，她的父母没有给她任何指导，有的只是赤裸裸的剥削。原生家庭给她带来深重的影响，使得叶梦影骨子里有一种无法抹去的自卑和彷徨。

叶梦影在人生路上艰难摸索前行，毫无方向感可言。李远就像一盏指路明灯，散发着耀眼光芒，照耀着叶梦影前行的方向。四年来，李远的出现给了叶梦影太多太多的动力和精神鼓舞。

使得叶梦影早已对李远产生一种深深的依赖感。眼下李远要奔赴大洋彼岸，只剩下她一个人孤零零留在海南岛。她心中的孤独和彷徨感又在一点点凸显。

几年前李远就告诉过叶梦影出国并不是一件很难的事情，可以用打工存的钱去穷游，一边欣赏异域风情，一边增长见闻，为以后工作所需做准备。

叶梦影很佩服李远的学识和才华，更佩服李远的深远目光。

叶梦影在李远身上看到了成功的例子，如果当时李远没有未雨绸缪，没有利用闲暇时光出国，他就很可能得不到这份来自于美国的优渥工作。

李远的例子，似乎给了叶梦影一种错觉，那就是只要通过努力，就可以获得一切。以至于叶梦影把成功因素大部分定格在了努力与否上，而忽略了各种内因外因，以及人与人之间的差异。

第 17 章　远走高飞

既然李远已经打定主意要去美国发展，叶梦影只好全力支持着。她无微不至体贴着李远。

周末的时候，叶梦影总算得了空闲时间。她帮李远收拾衣裳，在整理行李箱的过程中，看到了压在箱底的一本蓝色日记本。出于好奇，叶梦影便悄悄打开了看。

这时，碰巧李远走进房中拿东西。他看到了叶梦影手中的日记本，便迅速走了过来，想要争夺回去。

“就一个日记本而已，干吗要这么紧张呢？”叶梦影笑着问道，笑容中分明暗含深意。

李远越是紧张，叶梦影就越觉得好奇，她更非要打开日记本看看不可。

李远摇摇头说着：“我没紧张啊。只是这个日记本里面记载了一些资料，对我来说很重要，我现在需要查找资料。”

李远也想告诉叶梦影实情，可是他怕敏感的叶梦影又多心，胡思乱想。因此只能先编个理由搪塞过去。

这个日记本里面记载着李远初中时的一段暗恋。当年少年李远，曾把自己所有的情感写在了日记本上。这是一段很久远的事了，只是日记本还留着，而李远早就对此翻篇了。

他此时没有别的意思，真的只是不想叶梦影多心而已。可叶梦影并不这么认为，从李远的神色举动，她猜测出了这日记本里肯定隐藏着秘密。绝对不仅仅是记载着工作资料这么简单。叶梦影觉得，自己作为李远的女朋友，有权利有资格去了解李远所有的过往。

所以叶梦影并没有把日记本马上交给李远，而是准备一页一页翻阅。这下李远真慌了，额头上渗出了汗水，他迅速抢夺着东西。

两人共抓着一个日记本，彼此的手悬在半空中。双方一时间僵持不下，氛围十分凝重。

叶梦影这下断定自己的猜测了，更是非要看不可。

在这方面，叶梦影表现出了十分强势的一面。李远最终没能拗过叶梦影，只好松手。叶梦影拿了日记之后，一页一页翻看着，没放过一字一句，生怕错过什么重要消息。

果然，女人的第六感总是十分准确。这小小日记本里隐藏着大秘密，叶梦影看着李远年少时写下的懵懂情书，整洁有力的字迹中透露着满满少年情意。

瞬间，叶梦影的眼睛像是被针扎了一下生疼，她心中更是万般难过。

叶梦影知道每个人都有过去，这种难过没有必要，可她还是抑制不住。

叶梦影脑海中回荡着李远曾说过的话。她记得李远信誓旦旦地说，自己是他唯一爱过的女孩。

现在突然出现了照片这事，恐怕又要牵扯出一段情感故事了。这怎么能让她不失望、不难过呢？

叶梦影觉得自己被欺骗了，她根本不是李远第一个爱过的人。

她是眼睛里揉不得沙子的女孩，根本容忍不了这张照片，以及这本日记的存在。

叶梦影捏着这张照片，事隔这么多年，照片已经泛黄了，但照片里那个年轻女孩子的笑容却是那么明媚灿烂，如同向日葵一样温暖，直触人心。

不得不承认，叶梦影确实嫉妒了，狠狠妒忌着。她非常爱李远，因为爱，所以有着过分的占有欲。

她不想李远和任何女人有什么牵扯关系，不管是从前还是现在。嫉妒使人发狂，叶梦影说话时的语气都不像往常那么温柔了，而是带着一股深深的醋意，甚至是有些夹枪带棒。

“这女孩子长得还真漂亮，笑起来眉眼弯弯。很吸引人，怪不得你这么迷恋她。这么些年了，还把她的照片放着，还把这个日记本保留着，这段回忆应该很美好吧？”

李远理解叶梦影的心情，也没和她计较，而是叹息着缓缓解释道：“其实，那都是发生在初中时的事情。我也谈不上多喜欢那女孩子。那时候懵懵懂懂，对某一个女孩子有些好感，就定义为喜欢。我想，我那时候就是出于这样的心态吧。”

李远确实没有撒谎，他年少时的心境，就像他刚才所描绘的这样。对于这个邻桌女孩，李远连眼神都不敢对视，手都没牵过。只是单纯觉得对方眼里有让人疼惜的故事。

年少时青涩懵懂，情窦未开，所以把这种模糊不清的情感定义为暗恋了。

可是李远的一番解释，叶梦影却并不买账。

叶梦影心想，李远肯定对这女孩付出了很多情感，否则的话，不可能这么多年一直留着照片做纪念。

想到这里，叶梦影的嫉妒情绪被扩大到极致。她开始有些不依不饶，言语之间充满着一股深深的讽刺之意。

“既然没有多喜欢，为什么要把这张照片一直带在身边呢？是为了更好地怀念吗？”

“你一直知书识礼，温柔善良，体贴人意。怎么就在这种问题上一根筋呢？我刚才都解释得很清楚了啊，那是年少时一段非常懵懂的情感。那已经是过去很多年的事情了，你为什么一定要执拗地刨根问底呢？这没有一点意义，对不对？”

“那我就不能吃醋吗？都这么多年了，你留着这张照片又有什么意义呢？”叶梦影态度依然十分执拗。

毫无疑问，这张照片就如同一根刺一样，扎在了李远和叶梦影的感情中。

李远本来也觉得自己理亏，有心想哄叶梦影，可对方这么不依不饶的态度，让他实在很不舒服。他觉得这一刻的叶梦影看上去好陌生，一点也不像是他心中温润可人的女朋友了。

李远也开始和叶梦影倔起来：“好，你看不惯这张照片，那我毁了。你看不惯这个日记本，那我撕了！”

他将泛黄的照片撕得粉碎，将日记本一页一页撕下来，最后揉成一团全部扔在垃圾桶里，冷冷离去。

叶梦影看着李远决绝的背影，忽然有些后悔，自己刚才的行为是不是错了？是不是太过激了？

这是他们认识这么久来，第一次有了不愉快。彼此心情都很不好，两人沉默了好几天。

半个月之后，李远的签证材料全部通过，这意味着他只要动身，就能立刻奔赴美国了！

这段时间以来，他和叶梦影情绪都很低落，互有心事。李远想到离别在即，他还是放软了态度，主动和叶梦影搭话。

“梦影，我的签证已经面试通过了，估计很快就能出来，我很快就得去美国了。我不在的这段日子里，你要好好照顾自己，别那么省吃俭用啦。我在那边赚了钱，每个月会定期给你一部分。”

看到李远还是这么关心自己，叶梦里的心一下子软了，她紧抱着李远流下了泪水。

“李远，很对不起。上次日记本的事，我也不是故意要说那些难听的话。只是当时我很妒忌，因为我太爱你了，心里只有你。我害怕你会喜欢上别人，会被别人抢走。”

李远安抚着叶梦影，轻轻抚摸着她有些憔悴的脸颊：“我怎么会喜欢上别人呢？三年多了，我们一路走来那么艰辛，彼此都在用心用力维护着这段感情，我怎么可能破坏它呢？我跟你一样，对这段感情视之如命，十分珍惜。梦影，你不要多想好吗？”

李远又道：“感情是最经不得猜疑的，你这样每天胡思乱想，既会累了你自己，也会让我们这段感情生了嫌隙。”

“嗯，以后我会注意的。”叶梦影紧抱着李远，亲吻着他。

这是叶梦影第一次这般主动。以往都是李远主动的。

李远也来了兴致，热烈回应着叶梦影的吻。

两人又开始缠绵起来。

相聚的时间不多了，叶梦影在尽情享受着李远带给她的快乐。

只是天下没有不散的宴席，离别之日终究到来。李远收拾好行李，整装待发。叶梦影则心事重重。

在一个下着雨的凌晨，叶梦影送李远下楼。因为雨势不小，李远怕叶梦影淋湿，建议打出租车。叶梦影则拒绝了，她表示能省则省。为了省钱，她拉着李远坐几块钱的三轮车去公交站，等待开往机场的巴士。

李远需要从海南飞到上海中转，再从上海飞往洛杉矶，最终转到旧金山。这一路上，也确实非常累人。

叶梦影和李远在公交站紧紧相拥，当机场巴士来了后，她才恋恋不舍松开怀抱。强忍着泪水送李远上车。望着李远离去的背影，叶梦影瞬间泪如泉涌，最后撕心裂肺号啕大哭起来。

雨水混着泪水拍打在她的脸上，她的脸格外冰冷。

她第一次感受到了剧烈的失落感。李远这一去，与她相隔千万里，两人再相见，何其困难啊！

叶梦影不知道，下一次见李远是什么时候，也不知道在接下来的日子里，她该如何度过思念的时光。向来敏感的叶梦影突然对这段从未动摇过的感情，产生了些许质疑。想到两个人的未来，她开始不自信起来。

她和李远的差距好像越来越大，她总觉得自己配不上李远。甚至对李远离开后，自己的独立能力很是担心。

李远，李远，你什么时候才能够回来陪在我身边呢？

叶梦影心底发出了无助的呐喊。

第 18 章　热血沸腾

自李远走后，叶梦影的心都好像被掏空了，干什么事都提不起劲。明明是在自习室里复习着与考研相关的课程，可看了几行之后，她又开始发呆。

一颗心似乎跟随着李远，去了万里之外的美国。她时时刻刻都在思念着李远，想知道李远在做什么，有没有好好吃饭，工作是否顺利，有没有在想念她。

叶梦影愣愣地等待着李远的回音。可惜两人现在有时差，再加上李远初到美国，一个人忙起来也有点吃不消，因此联系得很少。大多都是处于你留言我回复的循环状态，很少有能一起互动式的聊天。

从之前同居时的亲密无间，到现在的偶有聊天。两人之间的交流方式发生了翻天覆地的变化，这种变化于叶梦影而言，简直是致命的，她完全无法承受。她很难去习惯没有李远的日子，更加无法接受李远不怎么与她联系的现实。

叶梦影终日郁郁寡欢着，满腹心事。有好心的同学会询问她一二，叶梦影总是淡淡敷衍过去。她不喜欢，也不愿意，将自己的心事过分透露给旁人。

正在叶梦影心情低落之时，她身边却出现了“烂桃花”。这男生死缠烂打追求叶梦影，对她展开了猛烈的攻势。叶梦影心中唯有李远，对于其他男生毫无感觉。面对别人的热烈追求，她只能用冰冷决绝的方式拒绝。

奈何这男生也是一根筋，因为过分爱慕叶梦影，他的思维都有些偏执和极端了。

叶梦影越是拒绝他，这男生的占有之心，便更加强烈。非要叶梦影做他女朋友不可。

某天，叶梦影从宿舍出来，去附近快递点取东西。这男生竟直接将她堵在半路上，用鲜花告白，告白方式大胆而热烈，这引起了好一波同学的关注。

男生的这一举动，彻底将叶梦影惹毛了，她突然想到小学语文课本里卖火柴的小女孩，猎狗追赶她，小鸟讥笑她……她感觉到了被羞辱。终于忍耐不住情绪爆发了，再也顾不上仪态，直接抄起砖头追着对方打。穿着拖鞋的叶梦影，硬生生将这男生赶到了操场上。

两人你追我打的画面，瞬间吸引了无数学生的关注，也引起了他们的各种议论。叶梦影在校园里，也算是风云人物，是经常出现在主席台上领着各种奖学金、助学金的顶级学霸。同学们知道这位顶级学霸性格清冷、不苟言笑，万万没想到她竟然还有如此彪悍的一面。

众人对眼前这一幕十分好奇，沿途的同学一直在热闹看戏。叶梦影也知道自己这回真的是失态了，可她已经爆发了，自然不会善罢甘休。她将一记砖头扔在对方身上后，冰冷地说道："我希望你能到此为止，不要再做无谓的、让人耻笑的事情。这次只是扔砖头，如果你继续对我纠缠不清，下一次就不仅仅是扔砖头这么简单了！"

追求她的男生诚惶诚恐，可能是被彻底吓到了。这下真的是妥协了，也放弃了，再也不敢招惹叶梦影。两人之间的战斗就这么结束了，叶梦影也因此扬名整个校园。

叶梦影确实扬眉吐气了，不过这件事情，给她带来了很不好的影响。学校领导对此很是生气，教导主任将叶梦影叫到了办公室，严加批评："像你这样的优秀生，应该更注意自己的言行举止才对，要为学校同学做出一个好榜样。你为什么会做出当众向人扔砖头的事情呢？"

叶梦影不卑不亢回答："这个男生一直追求我，我之前跟他说得清清楚楚明明白白，我不可能喜欢他。谁知道，他的追求方式变本加厉。直接在我出宿舍的路上，围追堵截。我当时被惹火了没忍住情绪，所以就……"

学校领导听完事情原委之后，气也消了大半，没再责怪叶梦影。而是小小惩罚了她，让她去打扫卫生写检讨书。叶梦影知道自己做错了，也愿意接受这种惩罚。

这件事情之后，叶梦颖的耳边一时间清静了许多，再也没有男生敢大胆追求她。师范院校原本就是男生少、女生扎堆的地方。叶梦影的孤高冷漠，直接让班上仅有的几个男生也对她望而却步，心生畏惧，渐渐孤立她。叶梦影的圈子极为狭窄，过着独行女侠式的生活。

叶梦影偶然会听到别人议论自己，不过她也毫不在意了。这几年的成长和蜕变让她成熟不少，不会过分去在意旁人的目光，只知道凡事做自己便好。

直至眼下，叶梦影心中真正在意的人只有一个，那便是李远。在接下来休息的一个周末里，叶梦影总算和李远通上电话了。

“李远，你在美国还好吗？怎么我都联系不上你了。我很担心你，很想念你，每天都在牵挂着你。看不到你，见不到你，摸不到你，我心神不宁，做什么事情都兴致寥寥。”叶梦影在电话里头，吐露着自己的心声。

“梦影，我也很想念你，只不过实在是太忙碌，所以不能很好联系你。我初来美国，对于一系列生活环境还有工作都不是很适应，所以每天要花很多的时间去适应。梦影，对不住。等我稳定下来之后，就能匀出固定时间陪你了。”

叶梦影不断询问李远近况，得知李远并非有意疏远自己，而是确确实实十分忙碌。

叶梦影顿时十分开心，心中的疑虑好像一下子消散了。她和李远在电话里愉快地交谈着，许久没听到李远的声音，叶梦影觉得李远说什么都是好听的。

她和李远说笑着。将在自己身上发生的被追求的事情告知了李远，李远得知后，非但没生气反而哈哈大笑，甚至故意调侃叶梦影。

“你这次可真是扬名海南师范大学了，估计在很多男生眼里，你就是一只母老虎。”

叶梦影道：“母老虎便母老虎呗，反正我已经有男朋友了，根本不在意别人的想法和看法。”

“你啊，还是那么与众不同，不过这一闹也挺好的，以后相信再也没有男生会来骚扰你，这下我就放心许多了。”李远在电话里头笑得十分开心，他确实也很爱叶梦影，即便身处在大洋彼岸的美国，他也很关心叶梦影的事情。只不过因为两人眼下交流不方便，所以联系没有之前那么频繁。

因为联系得少，李远有时候也难免会多想。他害怕叶梦影身边会出现别的男孩，现在看来，自己真是胡思乱想了。

李远在电话里头，嘿嘿笑着："我之前还担心我媳妇会不会被人拐跑了，现在看来这担心真是多余的，以后我可以高枕无忧啦。"

感觉到李远还是深爱着自己后，叶梦影十分开心。两人在电话里说着温情细语，说着对彼此的思念，感情似乎更温馨了，比以前更进一步。

在接下来的好几天里，两人一直保持着电话交流方式，李远思考再三，还是把自己的难处说了出来。

"梦影，你身上还有没有钱？"李远吞吞吐吐道。

"有。我之前干了一份家教，兼职赚了一些钱。"叶梦影迅速回答着，"李远，你在美国工作也不容易，有钱就自己好好存着。别老想着往我身上花，也别想着寄过来，我自己有手有脚能挣钱，不需要花你的。"

叶梦影以为李远要给她寄钱，所以才说了这番话。谁知李远的本意不是寄钱，而是借钱。

"梦影，我……我其实是想向你借点钱。"李远初到美国后，对生活用度把握得不是很好，以至于钱花得很快，都用光了。他这时已经两天没钱吃饭，日子过得实在拮据，这才向叶梦影开口。

李远话一出口，叶梦影先是惊讶着，然后迅速答应：

“好，你需要多少，我马上汇给你。”

在叶梦影的印象中，李远是绝对不会轻易开口借钱的人。他一旦开了这个口，说明确实遇到难处，作为女朋友，她为男朋友排忧解难责无旁贷。

“梦影，谢谢你。”

“傻瓜，你我之间还说什么谢谢呢？我把做兼职赚的钱，全部转给你吧。你也别那么省吃俭用了，我会心疼的。”叶梦影说的话句句暖心，暖到了李远心窝。

李远无比动容，他在心中暗暗发誓，等挣了钱一定加倍给叶梦影。他很庆幸能与叶梦影这样的女孩相知相爱，这种患难见真情、相濡以沫的爱情已经不多见了。

李远下定决心，无论如何以后也要努力工作，要娶叶梦影为妻，要一生一世对叶梦影好。

叶梦影雪中送炭式的帮助，解了李远的燃眉之急，有了这份爱的鼓舞，李远动力十足。

李远将对叶梦影的思念和感激全都放在了工作上，唯有努力工作，努力赚钱，才能对得起叶梦影的一番苦心。才能报答她这位倾尽全力付出的女朋友。

李远打起精神，拿出十二分的热情，兢兢业业工作着。他所在的加州公司非常人性化，并没有给他安排高难度的工作，大多数时间是培训。即便是偶尔安排了一些中等难度的工作，可凭借李远的能力，总是能完成得非常顺利。

李远那充满活力和斗志昂扬的模样，十分受领导欣赏。

连李远自己也没有想到，他不过是个从贫穷山村出来，没有任何背景的穷小子。现在能实现阶级改变，脱离贫穷的生长环境，跨越到硅谷来上班。

这么一想着，李远极其兴奋。年轻男孩总是血气方刚，当事情极其顺利地进行着，难免会心生膨胀。李远一边过分乐观着，一边干活越发有劲。

他清楚地意识到，在不久的将来，自己肯定能完成人生完美的大蜕变。

李远这么努力工作着，他在电话里和叶梦影分享着自己的成就和喜悦："梦影，我现在工作得非常顺利，也很受同事欣赏，我肯定能前途无限。等我存够一大笔钱，我就定居美国。"

李远是个好奇心很重的人，他来到美国之后，被异域风情深深吸引住了，他很喜欢美国的管理方式，可以完全靠自己劳动吃饭。美国的文化、生活方式等，都深深吸引着李远。

李远有些迫不及待，想融入这种异域风情。

"嗯，那挺好的。"叶梦影这会儿说话，再也没有往常与李远交谈时的那份热情了。她不知道该怎么接话，只好淡淡敷衍着。

李远极其高兴，可叶梦影却丝毫高兴不起来。这份异国恋让她备受煎熬，饱受思念之苦。叶梦影盼望着的，就是毕业之后能与李远在一起，两人过三餐四季的幸福温馨生活。可现在，李远有了要定居美国的想法，这意味着这份爱情更加缥缈了。

同时，叶梦影也深刻认识到。自己和李远之间的差距越来越大了。当两人差距过大的话，就难以产生精神和灵魂共鸣。

叶梦影很是为这份爱情担忧，她怅然若失。

第 19 章　围城

逝者如斯，时间眨眼间悄然而过，让人抓不住它。很快，叶梦影也迎来了她的大四生活，在临近毕业的时候，她婉拒了家里让她回去当老师的想法，由此备受父母责备和各种怒斥。

这对奇葩父母十分自私，叶梦影是他们养了二十多年的女儿，当初供叶梦影读大学不是为了培养叶梦影，只是单纯为了让女儿毕业后，他们可以跟着享福。

现在叶梦影这棵小韭菜，已经被完全养肥了，是时候割摘了。这样的父母又怎么可能放过呢？他们一定要把叶梦影抓回去当老师，让她挣钱来扶持家庭。

“梦影，你现在到底是什么意思？你是准备完全抛下我们这个家庭不管了吗？只顾自己在外头逍遥快乐？”

“妈，我没有逍遥快乐，我想在外面奋斗，多挣些钱。回家当老师，从来就不是我的心愿。这份专业也不是我喜欢的，当初高考失利，实在迫于无奈才读了师范院校。本来我也认命了。可是我接触到了李远，他告诉我人生还有梦想，还应该有追求。我是一个活生生的人，不是你们的奴隶，我有自己的想法，我想为自己活一回，不管奋斗的结果是否成功，这是我选择的，我无怨无悔。”叶梦影的话语间带着明显的恳求之意。

她知道自己的父母十分势利，受教育程度有限，不求父母能够全部理解，只求他们能稍稍体会一下女儿的苦心，不要说那些难听的话。

只是叶梦影还是低估了母亲刘素香的嘴毒程度。刘素香压根就不理解，啥叫梦想？啥叫追求？她已经掉在钱里面，只关心钱。

“奋斗？创业？你有多大把握能成功，你要是失败了，哪有时间和资本从头再来，我告诉你，你不要想得太天真。你想想你爸爸当初就是一意孤行要创业，贷款买车东搞西搞，欠了一屁股债，让整个家庭都跟着遭殃。”

“我从你嘴里听了好几次李远的名字，他应该是你男朋友吧，那好，你说说你男朋友是什么家境，我看他适不适合奋斗创业。”刘素香一心想让叶梦影当老师，有个稳定工作，好找个同样有稳定工作的对象。现在知道李远的一丁点消息，她迫不及待想刨根问底，打探着李远的家庭情况。

叶梦影知道自家父母的性格，她若是不如实说出李远的情况，她这对奇葩父母肯定会轮番刨根问底。到时候，自己的耳朵就别想清静了。

反正自己家条件也不好，李远家也清贫，两家挺门当户对的。叶梦影不必对李远的家境遮遮掩掩什么，她大大方方回答着：“和我一样，都是农村出来的。”

叶梦影的话还没说完，刘素香便眉头紧皱，她迅速打断女儿：“和我们家一样都是穷光蛋吧，就这种条件，他还妄想娶老婆，妄想奋斗创业？”

“李远虽然穷，可是英雄莫问出处。他有志向有能力，而且现在已经有了一份很好的工作……”

刘素香继续谩骂道：“李远李远，你天天嘴里都是李远，他有什么好的？一个穷小子，你就是跟他学坏了，才这么浮躁，不脚踏实地。有一份好工作怎么了，了不起吗，能买得起房不？”

叶梦影可以忍受父母骂她，但是不能容忍自己的母亲去羞辱李远。

“妈，李远很好，是个非常优秀的男孩，你怎么一直说他的坏话，我不允许你羞辱他！”叶梦影开始强势起来，她一直努力维护李远。

刘素香还偏来劲了，她在电话里头听着叶梦影百般维护外人的话，心中恼怒极了。她见不得辛辛苦苦养大的女儿，现在开始吃里爬外，帮着外人。

“优秀？你告诉我，优秀在哪儿？说不定就是个只会读书的书呆子！你也不瞧瞧，咱邻居的儿子，他没念多少书，但是成了工地的小包工头。还给家里面修了新房子，开上了小轿车，回家时风风光光的。一家人在村里十分有面子，就连村主任也要对他们客气三分，这才是优秀！”

“妈，你不要这么目光短浅，只看一时的利益，李远是个潜力股……”

“我看，李远是给你灌迷魂汤了，让你连家都不要了！你这年纪轻轻的胳膊肘就往外拐，你要是还认我这个妈，就听我的！赶紧和李远断了，找个条件好的，以后过稳定安逸的日子！我们不求你去攀龙附凤，对你唯一的要求，也就这些了！你自己多拎拎现实，好好想想吧！”刘素香展现了霸道强势、不讲理的一面。

“妈！你简直不可理喻。我和李远谈了四年的恋爱。我们彼此都深爱对方，感情很好，你忍心拆散我们吗？”叶梦影没想到母亲会这么蛮不讲理，瞬间愤怒滔天，她也不想再听到母亲的声音，匆匆挂了电话。

叶梦影蜷缩在学校边上的角落里，她虚软无力，整个人瘫靠在墙壁上，眼泪像断线的珠子一点点落下。

此刻的叶梦影，是这般的无助。她身似浮萍，到处漂泊，无依无靠。爱人远在他乡，无法陪伴身旁。自己的父母又是这样的恶语相向。

叶梦影的心，分外灰寂。她是多么怀念李远那温暖的怀抱，可以借她靠一靠，可以为她挡住所有风雨。

叶梦影哭了很久，发泄了很久，抽泣声才慢慢停止。

她没有父母亲戚可依靠，只能靠自己！如果她妥协了，那以后的人生也就真的完了。叶梦影默默擦拭着眼角的泪痕。

叶梦影在心中发出了强烈的呐喊声："我不能认命，不能妥协，我要去追求梦想，要去翱翔于苍穹！"

有了坚定的梦想，叶梦影更加努力准备着考研的事。她很清楚，唯有考研才是自己的出路，因此，她把所有时间都留给了学习。除了每天吃饭睡觉和做兼职外，叶梦影的身影都是穿梭在图书馆和自习室之间。

叶梦影极其忙碌，每天都是紧绷着神经，一刻也不敢放松。可是，她的父母非但不体谅她的辛苦，反而继续给她施压。

刘素香之前已经撂下了话，在三四天没有等来叶梦影的回电后，便又打电话询问叶梦影。

"瓜女子，妈给你说的话，你考虑清楚了没有？"刘素香一开口便咄咄逼人。

“我最近忙着毕业论文的事，没怎么考虑这些。”叶梦影也不想正面和她奇葩的母亲硬刚下去，因为没有结果。最后得来的反而是谩骂，以及更多的压力。

现在正是复习考研的关键时刻，叶梦影没有那么多精力，去把自己置身于家庭琐事的漩涡中。她必须要保持精力去学习，做题目。

对付自己母亲的办法，唯有拖。

拖到自己顺利考研之后，一切问题自然迎刃而解。

刘素香本来想狠狠骂叶梦影一顿，只是想到接下来的事后，她不得不转换态度，语气委婉了许多：“梦影啊，妈和你说个事，邻居张阿姨的孙子是个公务员，家境挺好，工作又很体面。他到现在还没结婚，人家听说了你后，对你挺上心的。你什么时候有空就回家一趟，你们俩当面聊聊，互相了解了解。”

“听妈的话，和那李远断了吧。你们在一起，没有稳定的物质基础，哪有未来的幸福生活？妈是过来人，看人挑人，这方面比你有经验。”

“妈，我这边导师找我。我先挂了。”叶梦影不想再听母亲的一番势利言语。

“哦，对了。接下来的半个月，为了写好毕业论文，我必须待在实验室做实验，不能带手机进去。你别给我打电话，不然到时候我也接不到。”嘱咐完刘素香之后，叶梦影迅速挂了电话，她长长松了口气。

叶梦影确实承受着来自家庭的巨大压力，不过在她看来，除了自己的家庭外，生活其他也还算步入正轨了，与所期望的没有多大区别。

为了兼职需要，她不得不在学校旁边租房子，这样方便她给学生上课，这都是需要花钱的地方。经过这段时间的努力兼职，终于存了三千来块钱。

三千来块钱，既要拿来购买考研的资料，又要租房子，还要生活，叶梦影的日子过得很紧巴。

生活确实十分艰苦，但爱情至少还是甜蜜的。李远那边站稳脚跟之后，拿到了第一个月的薪水，就迅速打电话给叶梦影，表示非要打一半过来，叶梦影再三拒绝没有给账号。她不想让身处异国他乡的李远，那么省吃俭用。

坚强的叶梦影咬紧牙关，和李远报喜不报忧，撒谎说自己兼职挣了好多钱，背后的辛酸只能自己咬牙吞下去。

…………

因为租房子的事情，叶梦影不得不找一个不熟的男生帮忙。

这个男生名叫杨利伟，也是叶梦影的老乡，但叶梦影之前和他并不认识。是后来通过刘聪娟的关系，才和杨利伟有了一定交集。两人不算很熟，甚至叶梦影和他脾气很不对付。

叶梦影就看不惯杨利伟身上那种抠门的小家子气。

杨利伟和刘聪娟都是师范专业，可比起来，他的素质就相差很多。身上有着典型的市井小民思维。凡事都爱斤斤计较，特别看重利益。他认识一些学生家长，却以此从中不断谋利。

就连给叶梦影介绍家教，还要向叶梦影抽成。叶梦影十分讨厌这种行为，但却因为杨利伟手中握有资源，不得不去巴结。

杨利伟是叶梦影交际圈里面唯一的男生，有时候叶梦影遇到搞不定的事情，也会有求于他。

叶梦影找到杨利伟，和他说了自己的想法。

杨利伟听后，沉默了一会儿，缓缓说着："帮你租房子可以，不过老规矩，我要从中得到酬劳，你愿意不？"

两人打过这么多次交道，杨利伟非常清楚叶梦影的个性，所以他遇到钱的事情都事先说明，免得以后闹不愉快。因为以前就为了拿抽成的事情，两人吵过架，闹过矛盾。

叶梦影实在讨厌杨利伟这种做法，可又无可奈何，毕竟自己有求于人。她点头答应："你知道我的情况，挣钱这么不容易。你要酬劳，我可以给你一些。但你要酌情，可不能狮子大开口，我可付不起。”

“只要你愿意给，一切都好说。咱们都是老乡，看在这分上，我怎么可能向你狮子大开口。你随便给一些就成。我这也算是做生意的商人，商人最是讲究利益，我要是白给你干活，我心里就难受。希望你能明白我这份心境。”杨利伟笑了笑。

不得不说，他办事效率确实很高，几天之后便给叶梦影租了一个非常便宜的房子。虽然房子环境很差，但胜在便宜，而且还是大学校园里面的老家属楼，经过仔细打扫也能拿来用。这是叶梦影目前唯一能承受的房租了。

叶梦影买了简单的二手桌子和床，杨利伟骂骂咧咧不情不愿地给搬进了房间。因为叶梦影没有给搬东西的辛苦费，以至于杨利伟怨言很大。帮人搬家一分钱没得到，还把自己累个半死。

“遇上你，我真是倒了好大的霉。在你身上什么利益也没得到。还把我自己搞得这么累，下次你有什么事情就别求我了！”杨利伟把东西搬完后，摔门而去。

杨利伟将积压在心底的尖酸刻薄，通通向叶梦影发泄。尽管他人已经离开了，可这些尖酸刻薄的话语，一直回荡在叶梦影耳边，像梦魇似的。叶梦影心情极其复杂，百感交集。

叶梦影一个人住在二楼，是个水泥地的老房间。常有壁虎从床头爬过，也有肥大的老鼠毫不畏惧地在房间出没。除了消杀不尽的花蚊子，还偶有蟑螂爬到床上，这使叶梦影极其恐惧，几乎夜夜不敢关灯入睡。煎熬了一个来月的时间，整个人憔悴了许多。

临近毕业时，同学们个个意气风发，都在展望着美好未来，而她只能在这破落的小房子里承受着陌生人的斥责和尖酸刻薄。甚至为了多招揽几个补课学生，她有时候不得不低声下气，去求人帮忙。

这一路走来，叶梦影历尽辛酸，她所承受过的苦难，是常人无法想象的。

而这时，她的母亲又打来电话。

叶梦影本不想接，但刘素香的夺命连环扣实在烦人，她不得已又接通电话。

叶梦影以为母亲又要说这相亲之事，直接冷言冷语道："妈，我不是和你说过吗，我这段时间在做毕业论文，你没有什么事情，就不要打扰我，免得我分心。"

刘素香哭哭啼啼道："梦影啊，妈，这回是有急事找你商量，你爸也是倒霉，开车撞了一个骑电动车闯红灯的人。虽然对方问题不严重，但要我们家赔三万块钱。这可是天文数字啊，家里根本拿不出来。对方说了，如果不私了，那就走法律程序。法院判决下来，你爸的货车可能都保不住了……”

“妈，可是我也没有钱，这些年来，你们也没有给我生活费。我都是靠自己勤工俭学赚取生活费的，根本没有存款。”

“要不，你和李远先借些钱，他都毕业出来上班了，肯定有钱。他不是你男朋友吗？帮你是应该的，你要是有困难开口了，他肯定会借给你，你先帮家里渡过难关。”

叶梦影万万没想到，她母亲竟然会自私到这个分上，打起了李远的主意。

“妈，你死了这条心吧。李远他也没有钱。”叶梦影实在不愿再继续下去，只能说，“我先凑凑看看，能不能凑个几千出来，你那边也想想办法，这事光我一个人没用，凑不出钱的。”

就这样，叶梦影将仅有的为毕业过渡期准备的三千多块钱，又一次贡献给了这个无底洞。

几乎身无分文的叶梦影，仰望着苍穹，眼里一片凄怆。她不明白自己的人生为什么这样多灾多难，永远都是，一波未平一波又起。

第 20 章　变数

距离李远离开快一年了，叶梦影一直翻着日历，算着时间。她将李远离开时的日期记得清清楚楚。闭上眼，两人之间的点点滴滴又涌上心头。点点滴滴的过往，汇聚成一幅幅鲜明的画面，点缀着两人的青春。

那些甜蜜的过往，足够叶梦影用一生去铭记和怀念。这也算是一服药效很好的疗伤剂。每次叶梦影心情难过时，想到那些美丽幸福的画面，就倍感欣慰，所承受的疼痛和疲倦感，好像无形中都少了好些。

李远不仅仅是叶梦影的男朋友，更可以说是她的精神支柱了。

那些在一起缠绵悱恻的时光，历历在目，恍如昨日。叶梦影是那么眷恋那些美好时光。等她睁开眼时，看着日历上的日期，才发现自己和李远已经分开了这么久，恍惚间，有种年新梦旧之感。

这对恋人，如今身处地球两端，两人之间再也无法相依相偎，无法再抱着彼此说些温暖情话，只能通过电话交流的方式诉说着思念。

电话可以听到声音，但却无法触摸到彼此，也无法感受彼此的气息。相对而言，这是一种十分虚幻的交流方式。对于血气方刚、正渴望用拥抱和接吻来表达情意的年轻男女来说，异国恋实在是一种十分残忍又无奈的恋爱方式。

两人经历了情深似海的厮守，又体验着刻骨铭心和备受煎熬的思念。

用古诗词中的一句话形容他们眼下的爱情，最为合适不过：相知相望不相闻。

…………

与此同时，李远家也出了些状况。他母亲生病了，需要一个不大不小的手术。李远非常着急，十分担忧母亲的状况。情急之下将所有的钱都汇给了母亲，用作看病之需。

这些钱是李远辛苦工作的全部积蓄。原本是打算存起来，以后作和叶梦影的结婚生子费用。谁知家中半途出了变故，他和叶梦影的计划一下子全被打乱了，李远很害怕叶梦影会失望，因此不敢和叶梦影说。

李远也非常清楚，叶梦影想和他结婚，想与他组建家庭、生儿育女的强烈愿望。可是现实总是无奈，没了钱，这些都难以去实现。更何况叶梦影是生活在一个重男轻女的家庭中。她父母那么势利，要是知道自己没钱，肯定不会把女儿嫁给他。

种种顾虑，让李远忧心忡忡着。他最终还是决定了，暂时先不告诉叶梦影，等自己努力工作再存一些钱后，再告诉叶梦影，情况也许会好很多。

只是在接下来和叶梦影的无意间闲聊中，李远还是露出了许多破绽。在叶梦影的再三追问之下，李远再也隐瞒不下去，把母亲生病、自己掏光所有积蓄的事情，向叶梦影如实以告。

“梦影，对不起，我妈需要手术，需要钱。我没有来得及和你商量，就自作主张把钱转给我妈了。”李远在电话里头，诚恳地向叶梦影道歉。虽然这些钱确实是他一个人存的，可是在李远心中，这些钱是属于他和叶梦影两个人的。

叶梦影一时间情绪很低落，但她在电话里，什么也没表现出来，只是淡淡说了几句。她从来不是拜金的女人，本质并不是在意钱，也不在意李远花了多少。她在意的是，在这么重大的事情上，李远却没有告诉她，这说明，李远还是把她当外人看待了。

她把李远当成了全部，把自己的家庭情况全部告知对方。李远却选择了对她隐瞒，而且事后也没有第一时间告诉她。只是这次无意之间闲聊时，才露出了破绽。

要不是自己再三追问，如何才能得知这一幕？

叶梦影对李远这种行为，失望至极。

作为李远的女朋友和结婚对象，她想和李远风雨同舟，相濡以沫，而不是每天听李远说些报喜不报忧的事，只和她分享喜悦开心，却把痛苦全部隐藏起来。这并不是叶梦影想要的爱情，她想要的是坦诚、携手并进、相互体谅的感情。

经过这件事情，叶梦影情绪十分低落，和李远交流沟通的欲望并不强烈。

李远个非常聪明又谨慎的人，对于细节十分在意，自然也感觉得出叶梦影对他变得冷淡的态度。李远也知道叶梦影的态度转变，正是因为这次自己擅作主张。

“梦影，对不起，我和你郑重道歉，下回遇到什么事，我一定先和你商量，这次是我莽撞了。你别不开心，你要是真难过，就骂我一顿好不好？”李远主动认错，且耐心哄着叶梦影。

然而这件事情带给叶梦影的负面影响很大，尽管有李远的再三道歉和各种轻声细语抚慰。叶梦影心中似乎还是存了一根刺，不是这么容易就能消除的。

两人之间的关系，渐渐微妙了起来。

与此同时，李远也开始不耐烦去哄叶梦影。他漂泊异乡，离开父母亲人，还有梦影，原本心中就有一种很深的孤独感。叶梦影非但不体谅他，还因为汇钱的事情和他生了嫌隙，这让李远一颗热血沸腾的心，有些凉却了。

而这时，李远的工作强度也骤然增加，再也不像刚来时处理工作那么得心应手。面对很多任务，他都倍感棘手。李远因此下班时间一直在疯狂学习和恶补。

叶梦影不会打扰李远上班，因此只能在李远下班之后，将自己的烦恼以及周边发生的事情分享给他。叶梦影并不是有意传递负能量，只是把李远当成了至亲至爱。在李远面前，她无需去装饰情绪，只想抒发心底最真实的一面。

可这时的李远却并不这么认为，他每天上班很忙，下班还要疯狂学习知识，整个人心力交瘁。这种情况之下，还要听叶梦影说着各种负能量的琐事，李远心中很不痛快，觉得叶梦影的格局很低。

再加上，这时他的薪资很高，血气方刚的年轻人又开始膨胀了起来，有些眼高于顶的感觉。

对比叶梦影所说的那些琐碎事，再看看自己身边高大上的同事，李远一瞬间有一种错觉。他和叶梦影好像已经是两个世界的人，两人再也不复当初年少时，意气风发地高谈阔论了。

叶梦影像是一个小怨妇，一直说着生活中的各种不如意。

这和李远所接触和欣赏的美国女性，完全不一样。

李远开始觉得两人之间的差距越来越大，同时也为这段感情深深担忧着。平心而论，当走上社会的时候，一个人的心境和在学校里是截然不同的。

在学校里，你可以意气风发，指点江山，激扬文字。可出了校门，一切都得向工作和钱看齐。

在美国工作了近一年的李远，思想上与之前有着天壤之别，他极度成熟着。一心以事业为重，儿女情长已经被淡化了。

李远起初是非常努力工作和学习的，他勇于拼搏的精神受到了领导的欣赏，因此薪水加得很快。只是他初出茅庐，还是不能很好把持自己，膨胀之心渐渐强烈。到了后期，他的态度已经完全不如从前了，工作没以前认真了，经常走神，有的项目甚至是敷衍式的。

最后一次，李远在一个很重要的业务中出现了非常大的失误。没有听明白需求细节也没及时问别人，最终到了项目交付的时候出问题，被领导严加斥责。

“李远，你到底是怎么想的？这么大的单子也能出错，给公司造成了非常大的经济损失，你知道吗，通过这段时间对你的观察，你让我很失望，从前你是一个让我非常欣赏的年轻人，怎么现在就不一样了呢？”

“确实出了这么大的纰漏差错，导致项目逾期违约，公司领导非常生气！你不能在这个公司继续待下去了，从现在开始，你被解雇了！”

李远的上司冰冷地说完这番话后，命令李远去收拾东西，迅速离开公司。

出了这么大的差错，李远也非常懊悔，然而已经于事无补了。他好不容易脱离农村，跳到美国大公司来上班，一心准备实现鲤鱼跃龙门的传说，只是龙门还没跃上去，他便被人解雇了。

对于心高气傲的李远而言，这确实又是一个打击。人生高点的失意让李远为此消沉了好长一段时间。

但凡你想控制的，其实都控制了你，愿阅历锤炼我们丰满的灵魂和清瘦的欲望。

第21章　初入职场

临近毕业，整个海南师范大学的大四学生们，都在为找工作努力着，叶梦影也不例外。她虽然在努力准备着考研的事，不过也没有十成的把握。还是做两手打算为好，一边继续复习考研，一边筹划找工作的事。

叶梦影是有心想找一份好的工作，可专业受限太多了。园林设计属于大冷门专业，通常都是市政规划类的事业单位内定，民营企业基本不会单独招聘，她在就业上遇到的困难比李远有过之而无不及。

暑假期间蝉鸣四起，天气炎热。叶梦影顶着大太阳，早出晚归，奔波在找工作的路上。只是无论她怎么努力，还是改变不了客观条件，几乎没有公司会招聘她这种专业的，有的公司即便愿意招聘，也不会招这种没经验的应届生。

叶梦影处处碰壁。傍晚时分，她拖着精疲力竭的身体，从公交车下来时，眼睛里全是沮丧和失落。奔波了一天又是毫无结果。

叶梦影漫无目的行走在长街上。周边十分热闹，万家灯火，只有她一个人的心是这般的沉寂，感受不到任何温暖。

街上万盏明灯亮起，却没有一盏是为她所亮。热闹是属于别人的，清冷孤寂却为她所有。

考研没有十成的把握，找工作又处处碰壁，父母又一直给她施压。至于最亲最爱的李远，目前正在大洋彼岸的美国，和她相隔万里。

叶梦影陷入孤立无助的境地。她终于明白茕茕孑立、形影单只这八字的真正含义，这不就是她眼下最真实的写照吗？

奔波了一天的叶梦影，早已饿得饥肠辘辘，她摸着口袋里不多的钱，舍不得去饭馆吃顿饭。就在路边包子铺里，买了两个包子，以及一瓶矿泉水。

她一边吃着，一边自嘲。寒窗苦读数十年，自诩才华横溢，可到头来，连份像样的工作都找不到。

叶梦影又一次对自己产生了深刻怀疑和自我否定。千辛万苦积攒的信心和乐观，被无情的现实一击，便碎成粉末了。

叶梦影心事重重，忧虑无比，脸上挂满凝重之色。自从李远走后，其实她就没怎么快乐过，现在就更加伤心失落了。如果自己再找不到合适的工作，等毕业后，父母就有堂而皇之的理由催她回家当老师了。

在那个贫穷落后、年轻人外流、只剩老人和留守妇女儿童的偏远农村，执粉笔过单调无味的人生。叶梦影忽然很害怕，害怕自己一辈子按部就班生活着，只能看见头顶一方小天空，没有机会去大城市实现理想，一展抱负。

她更害怕，因为自己被迫回老家，就无法再继续维持与李远之间的感情。

不，绝对不能放弃自己的前途，绝对不能放弃和李远之间这段苦心经营的感情。她要学会抗争，而抗争的第一步，必定是要找一份工作。叶梦影思来想去，还是决定放低条件，她把找工作范围扩大了一些，不止局限于自己的专业。

几天之后，叶梦影倒是收到了一条好消息，有一家小公司愿意招聘她，岗位虽然和园林设计没多大关系，只搭上了一点点边，但叶梦影已经很知足了，有了一份稳定工作，是她在城市立足的第一步。

叶梦影怀着兴奋之情上岗，可是，她在公司实习得并不顺利，老员工都欺负新来的实习生。有些更可恨的人，还会时常刁难她，指着她这里没做好，那里出错了。叶梦影觉得十分憋屈，却不敢与人争辩，毕竟人在屋檐下，不得不低头。

叶梦影过着很狼狈的生活，拿着不高的薪水，还要处处受人欺负。至于前途，也是一片茫然。

她时常无比感慨，自己曾是顶级学霸，在高中时期所向披靡，成绩令人惊叹。就算高考失利，来到海南师范大学，可她在学校期间依然延续着学霸神话。助学金和奖学金拿到手软，成绩比一般同学要出色许多。

按照人生设定来说，她是属于天之骄女那种类型，应该万事顺风顺水才对。可谁知道，她在就业之路上一波三折。

叶梦影精疲力竭，对于未来工作的幻想，已经完全破灭。心底隐藏的沮丧和自卑又在悄悄涌现，她发现自己除了会学习之外，工作技能很不强，似乎一无是处，没有一样拿得出手的本事。

看着别人在工作岗位上游刃有余的模样，叶梦影不由得自惭形秽。

陷入低谷的叶梦影心绪彷徨，她这时非常需要李远的安慰。

叶梦影给李远拨打电话。此时在出租房中颓废的李远，看到叶梦影的来电，眼睛忽然闪了一下，露出些许光泽来。

李远十分愧疚、心虚，不敢接叶梦影的电话。原因无他，李远失业了，这次彻底失业了！

他带着宏远的梦想漂洋过海来到美国，本以为可以干出一番事业来，让自己扬眉吐气。

谁知道他的梦想戛然而止，才刚起飞不久，便坠落在地面。李远想起自己曾经信誓旦旦答应过叶梦影的话，曾经在叶梦影面前展露出的十足的骄傲和优越感。

而现在，他不过是一个失业的落魄人。这种巨大的落差，让李远产生了深深的自卑。他很害怕面对叶梦影，要是让叶梦影知道了自己的现状，那叶梦影应该作何感想呢？

李远心中七上八下，任凭电话一直响，也没去接。

叶梦影并不知李远百转千回的心境，他以为男朋友正在忙碌没法接电话，于是又给李远发了好多条短信。李远一条条看着短信，却不知如何回复。痛恨自己的无能，痛恨自己之前的骄纵和浮躁。

但凡他当初谦虚一些，小心谨慎一些，脚踏实地一些，也不至于落到今天失业的下场。要知道他可是一个名校毕业生，父母倾尽全力砸锅卖铁供他大学毕业。而他现在，竟然失业了。

李远忽然觉得自己是罪人，对不起父母，对不起叶梦影。

李远浑身被这种负能量笼罩着，他一直没去回复叶梦影。

而这边的叶梦影，见男朋友迟迟没有回复，担心万分。又一次拨打李远的电话却无法接通，叶梦影只好继续给李远发短信，这次的短信全是满满的担忧。

人非草木，孰能无情？看着那一条条担忧又充满关怀的短信，李远心中最柔软的部分，又一次被触动了。他深深叹口气后，以短信的形式回复着叶梦影。

得到男朋友的回复，叶梦影欣喜万分，赶紧回电。这一次李远接了电话，只是他依然没有把自己失业的事说出来。一方面是为了保留作为男人的最后尊严，另一方面则是不希望叶梦影过于担心。

叶梦影问道："李远，最近工作一定很累吧？"

李远尽量掩饰着话语间的负面情绪，他努力让自己的语气变得淡定起来："嗯。公司有大项目启动，所以会特别忙碌，我一直都在加班中度过周六，双休都是在加班。很少有空闲时间。所以没有及时回复你。"

"没关系，工作比较重要，你先忙工作，等有空闲时间，再联系我就好了啊。"叶梦影笑意满满，再一次佩服着李远的能力，越发欣赏自己的男朋友。

作为一个一直找工作碰壁的人，叶梦影太清楚，一份稳定、有前途的工作对于求职者有多重要了。

“没事。现在项目忙完了，我有时间联系你了。”李远撒着谎。

李远虽然将失业的事情瞒住了，可是他知道，自己不应该这么颓废下去，于是打起精神来，继续坐在电脑屏幕前，开始了漫漫的找工作之旅。

李远失业了，所以有大把的空闲时间。叶梦影和他发消息，他也会准时回复，这让叶梦影感觉到了自己在李远心中的重要地位，她非常开心。

叶梦影工作并不顺心，每天琐碎事情不断。她在陪伴李远聊天的时候，会将工作的不开心和李远分享，除此之外，倒没有什么新鲜话题了。

听一天两天倒还好，李远天天听着，耳朵都快起茧子了，觉得无聊至极。

因为好不容易从失业的深渊中爬出，他不愿自己再去陷入那种悲观压抑的情绪。

因此，他又悄悄和叶梦影降低着通话频率。

久而久之，叶梦影也能察觉到李远对她的态度，有了明显变化。以前李远都是和她温声细语，嘘寒问暖的。现在则是满满的敷衍。

第 22 章　回归，却不是原点

李远失业后一直在寻找工作，他起先是惯性地将目标定在美国的。经过将近一年的阅历，他也想开了，觉得人这一生这么短，指不定哪天就半道挂了。

李远躺在床上想了好些天，夜深人静的时候，他在默默思考着和叶梦影的未来。留在美国也不是一辈子的事，而且又背井离乡。与其这样，还不如直接回国找一份工作，好好沉淀，积累经验，改掉之前好高骛远的毛病，脚踏实地重新来过。这样在平淡中也会幸福。

李远把自己的想法和叶梦影说了，他倒没有明说自己离职的原因。只是随意找了个理由，说自己不适应这边的工作模式，突然想回国发展了。

想到李远去美国好不容易积累下了人脉和资源，就这么白白放弃了，叶梦影不禁为他惋惜。毕竟现在找工作何等困难，不是所有人都具备从头再来的勇气和能力的，不过又想到李远，能与他朝夕相伴也还是很开心的。

因为迫不及待想要见到心上人，叶梦影也非常赞同李远的想法，回国也挺好的，你都能在美国那么大竞争压力的公司上班，回国也能找一份很好的工作啊。

打定主意之后，李远迅速为回国做准备，在筹备了一周之后，他终于踏上了回国的飞机。十三个小时之后，飞机终于停在上海浦东机场。

李远从拥挤的人群中慢慢走出。下飞机的那一刻，如释重负。像是刚出狱的囚犯，如同重见天日一般，心情格外激动，他看到陌生人都想上去拥抱一下。

李远深深地感恩，感恩上天让他重新回到了这片故土。见到国人，即便是个陌生人，他都觉得对方十分亲切。

呼吸着祖国的空气，听着熟悉的汉语，他心潮澎湃，不禁热泪盈眶，感慨连连。李远又从浦东机场转乘，搭上了飞往海南的飞机。

叶梦影提前知道他要回国的消息后，欣喜若狂，早早就在机场等着李远回来。

两人已经快一年没见，他们都在艰难维系着这段异国恋，其中的心酸不言而喻。现在一朝重聚，各自都兴奋异常。尤其是叶梦影，激动得都快说不出话来了。

她日盼夜盼，心心念念的李远终于回国了。这会儿，叶梦影再顾不得女儿家的娇羞和矜持，立刻飞奔上去，直接拥抱住李远。

叶梦影不必再通过电话，去和李远联系，她能真真实实触摸到李远的肌肤，感受到李远的气息。

她的李远终于回来了。

虽说李远近来对叶梦影的负能量情绪有些反感，可毕竟是与恋人重聚，他这会儿也是激动之情大于不满之意。

李远将行李箱放在一旁，和叶梦影紧紧相拥。

李远："看你都瘦了，头发也长了很多，刚才看到你的侧影让我有种宇宙洪荒、人世久远的感觉。好像见你是上个世纪的事，你开口喊我名字我就想笑，好像自己刚刚放学，只在校门口等了五分钟而已。"

细细回想起来，两人上一次在机场拥抱已经是一年前了，一年之后再次重聚，虽说是在一样的地点，但彼此心境截然不同了。

两人十指相扣，坐上回市区的大巴车。当车窗外熟悉的倒影一幕幕映入眼帘，李远再也收不住眼泪。

他忽然又想起自己独自生活在美国，举目无亲时的生活。在美国待了一年时间，经历过浮浮沉沉。有过升职加薪的高光时刻，也有过被解雇的低谷片段。

无论是高光时刻，还是低谷片段，这都是人生中极为宝贵的一种历练，都是李远的巨大财富，他在美国的一年好像过了十年。李远的心智成熟了许多，再也不是刚出校园的那个青涩大男孩，他一步步走向稳重。

李远眼神游移，叶梦影侧眸，看着他的神色表情，知道李远肯定在走神，想事情了，她没打扰李远。只是将头轻轻靠在了李远宽广的肩膀上，细细感受着李远那温热的呼吸。

过了四十来分钟后，叶梦影到达目的地。她牵着李远的手，两人下车。

叶梦影在外面租了房子，李远不必去住旅馆，刚好有居住的地方。回到小出租屋后，李远看到里面的设施感到无比心酸。

都说小别胜新婚，更何况这对恋人已经分别一年多了。重逢之后，年轻的身体在荷尔蒙的推动下，散发出了情欲独有的美妙气息。

“李远，我爱你。”叶梦影动情说着，双眸之中含着喜悦。一番缠绵后，她脸上带着独有的红晕。

“梦影，我也爱你。”李远张开臂膀，将叶梦影圈到了自己怀中。

叶梦影声音温柔细腻，像风吹铃铛一样：“好希望时间不要流逝，一直停留在这最美好的一刻啊。李远，我想和你在一起，我们不要分开了，一起在城市里奋斗好吗？”

李远轻声说着："我暂时不能留在海南，我在网上看到了深圳有一家公司。上面所招的岗位很符合我的专业，我也投了简历，对方已经给了回复，让我三天之后去报到。梦影，深圳那边就业机会多。等我站稳脚跟之后，你就可以立刻过来，我们到时候就能真正在一起了。"

"好，我听你的。"叶梦影温柔应答着。她也不是无理取闹的人，李远这般为两人的未来努力奋斗，她也不能拖对方的后腿，凡事要多站在李远的角度去考虑。

两人温存了三天之后，李远便离开海南，前往深圳了。

因为之前已经联络好了，他找的深圳的那份工作，一切都准备就绪。眼下的李远已经褪去了那份浮躁，开始变得沉稳了。虽然工资不是特别满意，他还是欣然接受，准备脚踏实地，努力工作。

李远胜在情商很高，人际关系处理得非常得当，升职也快，四个多月的时间，就已经升职到了部门小主管的位置。这时的他，也有了一笔积蓄，他汇了一半给叶梦影。

李远很享受工作带来的成就感，他和叶梦影分享着自己的成功。这时的李远并非炫耀，而是真心实意对叶梦影说着自己的感慨和经验。

在美国时，李远失业过一段时间，那时的他每天过着浑浑噩噩的生活，没有动力。现在来到深圳，他仿佛脱胎换骨，犹如凤凰涅槃一般重生了，他在工作中找到了自信和成就感。

李远比之前淡定从容许多，身上的学生气息尽数褪去，取而代之的是一种成熟的男人韵味。

回想起一路走来的辛酸磨难，李远感慨万千，和叶梦影诉说着许多心得。

电话这头的叶梦影，原本心情非常沉寂。因为工作的不顺利，因为父母所施加的压力，因为对前途的渺茫，多种因素使得她完全不能开心起来。

不过听到李远所分享的好消息后，叶梦影笑逐颜开，她打心眼里替自己的男朋友开心。

叶梦影欣慰道："我就说嘛，你是块金子，无论放在哪里都是会发光的。我是不是说得很对啊？"

工作的顺利，使得李远也开朗起来，他觉得自己终于成为有用的人了。

李远欢快道："梦影，你也是块金子。我相信，在不久的将来你也会发光的。只要找准定位，脚踏实地，你一定能到达成功的彼岸。"

男朋友的安慰和鼓励，让叶梦影开心不少，只是挂上电话之后，她又陷入了莫名的忧伤情绪当中。虽然李远在电话里说得极好，可叶梦影心里非常清楚，她很难成功，她的情况与李远完全不一样。

李远家境也很不富裕，可难得的是，他有一双好父母，父母时时刻刻都在为儿子打算。李远可以心无旁骛去拼搏事业。

可她呢？她只有拖油瓶一样的家庭。这些都是她成功路上的绊脚石。

每次叶梦影存了一小笔钱后，家里面总是会出各种麻烦事，父母会找借口把她辛辛苦苦存的钱，全部搜刮干净。

试问，她生活在这样黑云笼罩似的家庭里，终日为家庭琐事奔波着，怎么可能像李远一样，全心全意将所有精力投入到学习和工作中去？所以，叶梦影很难在短时间内，取得事业上的成功。

她和李远两个人，当年求学的时候，是站在同一条起跑线上的。但是，现在两人差距十分明显。李远已经往中层社会慢慢靠近，而叶梦影，则还是在最底层中打转。

过分明显的差距，让叶梦影十分苦恼，彷徨无措。她很害怕自己配不上李远，或者又担忧李远见多识广、接触过精英人群之后，会看不上她。

这会儿的叶梦影，心情十分矛盾。她很想见到李远，渴望来自李远的拥抱，可以打消她一系列矛盾的情绪。在一个节假日的时候，叶梦影趁着空闲时间，特意去李远的公司看他。

叶梦影多年来生活朴素，她是个不善于打扮的人。好在相貌清秀，自带一股书卷气息，因此她的到来，引起了李远公司不少人的注意。

为了避免打扰李远，叶梦影特意在公司楼下，等待李远下班。等待的过程中，叶梦影觉得时间过得很慢。

好不容易挨到了傍晚时分，当看到李远的身影从写字楼中走出时，叶梦影内心激动不已。正准备欣喜地走上前去和李远打招呼，却出乎意料地发现和李远并肩而行的，是一位美女。这美女五官立体，画着精致妆容，踩着高跟鞋，身上散发着都市白领的气息。

叶梦影不禁垂下眼眸来，望着自己的穿着打扮，心中不由得升起一股自卑感。她退却了，没有选择去和李远打招呼，还是躲在一旁角落里，默默看着李远和那美女谈笑风生。

刹那间，叶梦影的眼睛像是进了沙子一样，被割得生疼。

等那美女离开之后，叶梦影才给李远响了一个电话。

两人也有好些日子没见了，李远因叶梦影的到来十分开心。她将叶梦影接到了所租的公寓。

放下行李之后，叶梦影询问着李远，关于他身旁那位美女同事的情况。

“我今天在你公司楼下，等你下班的时候，看到了你和一位美女一起走出来。你们两人有说有笑的，那是你同事吗？”

李远绽放笑容的脸庞忽然凝滞了下，他知道叶梦影肯定又在多想了。为了打消叶梦影的疑虑，李远很耐心解释着：“是的，她叫许美静，是我的上司。我昨天刚好说到一个项目的事情，于是多聊了几句。”

回想起许美静看李远时，眼神中包含着炽热甚至近乎暧昧的情绪，叶梦影那根敏感的神经又被拨动了，她开始吃醋，语气渐渐有些不悦：“是吗？可是，我总觉得她对你有其他意思。她看你的眼神，是带着浓浓炽热的。”

叶梦影这话一出，李远瞬间感觉到不信任，心中的怒火也被激发了出来。他刚才好心和叶梦影解释着，叶梦影非但不听，还故意说些话来含沙射影挖苦嘲讽他。

“我刚才已经和你解释过了，那个女人只是我的上司而已，我们平时除了工作，私下里没有任何交集。你要是不信，可以去我公司里打听情况。”李远十分不耐烦，语气中充满着淡漠，帅气的脸上再无笑容，有的是骤冷的神色。

倘若这时，李远能温柔耐心地去哄叶梦影，情况倒也还好。但李远的冷漠态度，更让叶梦影十分伤心难过。她开始和李远吵架。

“你扪心自问，这段时间以来，你是不是一直对我不冷不热的？每天都是以各种忙碌为理由，不怎么联系我。现在看来，你是另有情况了。你是不是一直都在骗我啊？忙工作都是理由，事实上你的时间都用在这个美女上司身上了。”叶梦影言语犀利似刀，句句刺痛着李远的心。

李远从来都没有想到，向来知书识礼、温文尔雅的叶梦影，会是这么无理取闹，不分青红皂白就把罪名扣在他头上。

所谓欲加之罪，何患无辞。无论李远怎么解释，叶梦影都认定了他和这许美静关系匪浅。

“你分明是在找借口，面对条件这么优秀的美女上司，你怎么可能不动心？李远，你实话告诉我，我们谈了这么多年的恋爱，你一直迟迟不提结婚的事，是不是压根就没把我们的感情放在心上？你心中是不是早就另有他人了？”

眼下的叶梦影已经丧失了思考和判断能力，只顾将情绪发泄出来。因为她觉得自己太委屈了，这些年为李远掏心掏肺，可换来的居然是李远的移情别恋。这件事大大刺激着她，她一时间无法接受，情绪莫名失控。

李远厉声道："你真是越说越离谱，越来越没边儿了！叶梦影，我希望你能把精力放在当下的工作和学习上，不要老是做无谓的猜想，净做这些捕风捉影的事情。"

两人越吵越厉害，最后不欢而散。砰的一声，叶梦影冷冷摔门离去。

李远看着叶梦影离去的决绝背影，十分心酸。虽然他这会儿还处在气头上，可依然记挂着叶梦影。三更半夜的，一个女孩子家刚来深圳，人生地不熟，这万一要遇上什么事情，可就麻烦了。

想到这里，李远赶紧联系叶梦影。在打了十几个电话、发了十几条短信后，叶梦影终于回复了。

虽然这次的风波以李远的妥协而结束了，但是事情却远远没有这么简单，这就像一根刺，一直横亘在李远心间。接下来他和叶梦影之间的感情，变得十分脆弱了。

不知为何，李远开始对叶梦影有了一种反感。叶梦影除了爱吃醋、爱胡思乱想之外，还多了一种小毛病，那就是每天都会和李远讲各种各样负能量的事情，常常将抱怨挂在嘴边。

李远本身就是积极乐观的人，他喜欢向乐观的人靠近。

他很讨厌叶梦影这种伤春悲秋的心态。他希望叶梦影有时间去多学习实用技能，拓展眼界，而不是每天和怨妇一样，在他耳旁喋喋不休着。

第 23 章　当热情褪去

李远被叶梦影误会之后，心情极度郁闷。不过这时，他的事业又有了新的起步，因为女上司许美静关注到了他。

李远曾在国外待过，他的见识要比寻常人丰富得多。再加上毕业于名校，性格乐观开朗，一时间受到公司很多人的欢迎。

在办公室里，李远锋芒尽显，这当然也吸引到了他的上司，许美静。

在许美静看来，李远是一个极其优秀的小伙。他长相阳光帅气，学识渊博，又有一腔热血，干劲十足，是公司年轻力量的代表。

除此之外，许美静还看到了李远很与众不同的一面。一般的男人，很多都有丢三落四的毛病。李远没有，他是一个非常温柔细心的男人，十分懂女孩子的心思。是暖男般的存在。

当气质优势、追求优势、品位优势这三项齐齐加持在李远身上，许美静看到了这个年轻人所散发出的耀眼光芒。

这种光芒由微弱到强烈，点点渗透在许美静的心上。

许美静十分欣赏这个热情洋溢的小伙子，时不时借工作的理由和李远搭讪，给李远提供了不少帮助。或者是工作上的，或者是人生发展方向上的。

许美静学识渊博、谈吐优雅，经过职场沉淀，她身上散发着都市精英女性的魅力。对于初出茅庐的李远而言，许美静的帮助十分必要，可以让他少走很多弯路。

李远很感激许美静对他的帮助。只是他一心只扑在工作上，压根就没往儿女情长那方面去思考。

两人经常在一起讨论着公司业务，或者是人生规划。一来二去，渐渐熟络起来。交谈中，李远也了解到了许美静的家庭状况。她家庭条件很不错，自己在深圳买了房子，还买了一辆中档车，已经算是步入小资行列了。相对比起许美静的经济实力，李远觉得自己真正算得上是一穷二白。

李远有时候也在幻想，要是自己和许美静一样，有车有房有着不错的经济实力，那他和叶梦影之间的感情应该走得很顺利吧。

幻想完之后，李远又忍不住自嘲。有车有房，对于他这个刚出茅庐又无父母帮衬的年轻人来说，谈何容易啊。

唯有脚踏实地，努力工作，才是实现理想的第一步。

凭借着坚韧不拔的意志和出众的业务能力，李远帮公司拉了一个大投资项目。公司为了表彰李远，特意召集员工举行了一次聚餐活动。

当西装革履的李远，出现在镁光灯下那一刻，现场的所有注意力全部集中在这个年轻小伙子身上。这一晚，李远风头尽出，许美静举杯和他相碰，言语间满是对李远的祝贺和欣赏。

“李远，真心祝贺你。我的眼光果然没错，你一定会前程似锦。”许美静摇晃着酒杯，朝李远嫣然一笑，笑容中除了祝福之外，还包含着其他复杂深意。

只是李远没有读懂罢了。

“谢谢许经理的提携和帮助。要是没有你，我也不会进步这么快，更别说拿下这次的大单子了。来，我敬你一杯！”李远举杯，朝许美静敬酒。

两人推杯换盏，喝得十分欢乐，许美静异常激动兴奋，一连喝了好几杯。喝着喝着，她渐渐有了些醉意。

李远见状，劝慰着：“再喝下去，恐怕你就该醉了。”

“醉了也挺好，常言道一醉解千愁嘛。”许美静半说半笑着，眼光迷离，灯光下的她格外动人。

不过她这话一出口，李远很是惊讶。像许美静这么优秀的女孩子，还有什么忧愁的呢？

他没多问别人私事。只是心中暗自猜测着，许美静肯定有很多心事。

“来，李远，平常工作太忙了，今晚难得有机会一起放松下，陪我喝，今晚我们一醉方休！”许美静言语中颇有几分豪气，直勾勾看着李远。

来自领导上司的热心邀请，李远无法拒绝。只好陪着许美静继续，好在第二天是休息日，倒也不必担忧喝醉了不能去上班。

几杯酒下肚后，许美静醉意更甚。最终在李远的劝说下，她没有再继续喝。等这场宴会结束后，两人才从饭店走出。这时的许美静，脸上泛起了红晕。

她纤细的手指不断揉着太阳穴。

李远知道，许美静肯定难受了。他立刻去附近药店，买了一些醒酒的药递给许美静。然后快速叫好出租车，打算先送许美静回家，自己再回去。

李远搀扶着许美静上了出租车，两人挨得不算远，车中的氛围似乎渐渐有些暧昧了。

许美静喝了药后，状态恢复了不少。已经能开始和李远闲聊了。

在经过自己公寓的时候，李远无意间拿手指了指，并向许美静介绍了几句，说者无心听者有意。

许美静眼眸轻轻眨了眨，柔声询问着李远："要不，车就在这里停下吧？既然路过你公寓了，怎么着也要邀请我上去坐坐啊。"

李远心想，平常很少有机会和领导沟通，这可是千载难逢的好机会，能和领导搞好关系，很有利于自己的前途。于是他点点头，欣然同意。

当李远打开家门的刹那间，许美静十分惊讶，没想到作为一个男人的李远，会将家打理得这么整洁，一切看上去井井有条，有种焕然一新的感觉。虽然住的城中村的旧公寓，可是李远的房间收拾得非常精简大方，看上去很有专业室内设计师的风格。

不经意间，许美静对李远的好感迅速上升着。

"你这房间布置得很有范儿啊。"许美静细细打量了周围一圈，发出了感叹。

李远拉了一条凳子，示意许美静坐下，他有些不好意思道："凑合过得去吧。"

"来，喝杯柠檬水，这个有解酒的功效。"李远赶紧给许美静倒了一杯水，细心照顾着这位有些醉酒的上司。

"谢谢。"许美静接过李远端过来的杯子，十分感动。

两人又在公寓中闲聊了许多。

许美静被李远的人格魅力深深折服，在之后的工作里，她对李远十分照顾。但凡有机会，全部都为李远争取过来。

某天夜里下班时，许美静叫住李远："李远，一起去散步吹吹风吗？"

李远非常感激许美静，对于领导所提出的要求，只要不过分，只要在自己能力范围之内、原则之内，他都会欣然应允。

李远笑了笑："好啊。"

两人来到深圳湾的天桥上并肩走着。凉凉的夜风轻轻拂过脸颊时，许美静微微张开臂膀，呼吸着新鲜的空气："只有在这个时候，精神是最快乐的，全身心都能得到放松。"

许美静看着李远，眼尾上翘，神色动人："李远，谢谢你这么晚还陪我出来。"

李远："你太客气了。你平日里在工作上那般照顾我，我出来陪你散散步，也是情理之中的事情。"

许美静眼睫微垂："李远，难道你对我只有感激之情，除此之外，没别的吗？"

李远本身就是心思非常细腻的男人，他也很聪明，迅速从许美静这句话中得出了重要信息：那便是，他这位美女上司，肯定对他有那方面的意思了。

李远在心中默默理清思路，将前因后果全部结合在一起。他回想起许美静帮助自己的每一幕，回想起许美静看自己时的眼神，越发肯定对方的心意了。

当李远明白之后，心中思绪万千。这时候的李远已经步入职场一年多了，不说经历过沧海桑田，但也算是体验过浮浮沉沉。身上的少年热血气息早已褪去，再也不是当初那个把爱情看得很重的人，他已经变得现实或者说已经走向成熟了。

当初和叶梦影在出租屋里过着拮据日子的一幕幕，一直在李远脑海中不断重复播放着。他害怕自己再过那样穷苦落魄的生活。却又怕自己背离初心走得太远。不过他也深深明白，只有先考虑生存，才能谈生活，再谈其他。

现在的李远更加注重利益与自身发展，爱情在他心中，已经不再单纯天真了。再三权衡之下，李远的目光迟疑了。许美静无论谈吐学识还是经济能力，都非常的优秀，她是真正符合能与自己并肩作战要求的人。如果和许美静在一起，他会有很好的资源平台，相信很快就能实现人生理想。

可是和叶梦影在一起呢？他毫无前途可言，只能被拖后腿。

对于当初在学校里求学的李远而言，他还是能够接受叶梦影的家庭的，因为他爱叶梦影，他愿意为其付出一切。

可现在的李远，无论是思想还是心境，都比从前成熟稳重太多了。不再是当初那个热血澎湃，甚至是愿意为爱情付出所有的青涩少年，他心中装着更深层的理想和事业。他绝对不能够再陪着叶梦影一起，把自己的一生都搭在叶家那吸血鬼一样的家庭里了。

在之后的生活中，不知从何时开始，李远与许美静之间已经有些不明不白的暧昧了。尽管两人没有突破道德底线，保持着应有距离，但因为有了这份异样的心，李远还是有时候狠狠鄙视着自己。觉得当初那个清纯少年，已经一去不复返了。

第 24 章　成长是把双刃剑

成长对于每个人来说，都是具有双面性的。一方面，它可以让人的心智变得沉稳起来。但另一方面，它也会让人丧失纯真。

李远同样也是如此的。他在经历过一无所有、贫困交加的人生体验之后，再次面对未来时，有着别样的心境和感悟。尝试过饥饿的李远，慢慢地开始注重物质。他不再把爱情当作生活中的必需品，只把它看作调味品而已。

李远对爱情已经改变想法了，因这层关系，叶梦影在他心中的地位，也大大不如从前。他把所有的时间精力全放在事业上，全放在和许美静搞关系上，很少去过问叶梦影的生活。

李远对爱情的积极性大大减弱，可叶梦影不一样，她依然把爱情当作生命的全部。李远自然也是她生命中最重要的一个人。

叶梦影对李远的依赖程度，远远超乎她自己的想象。想到现在的李远十分优秀，各方面与之前相比，有了天差地别的变化。这样的男人在职场上是非常受欢迎的，叶梦影越是这样想着，心中越是自卑。

李远可以说是叶梦影的依靠，是她的人生向标。如果没有李远，叶梦影的人生就会陷入更加无穷无尽的黑暗中。如果把叶梦影比作一个溺水者，那李远就是拯救溺水者的一根浮木。

叶梦影告诫自己，一定要紧紧抓住李远，千万不能让任何人把他抢走。

因此叶梦影联系李远的次数越来越频繁，但凡有闲下来的时间，她都会主动和李远打电话。

叶梦影询问着关于李远的一切，包括他的工作、他的私生活，尤其是后者。叶梦影每每问起，心中总是带着深深的警惕之心。她很害怕许美静的出现，打破了自己和李远之间美好的恋情。

鉴于上次她和李远之间，因为许美静的事情大吵了一架，叶梦影也从中吸取到了教训。对于之前自己的莫名发火，她也认识到了错误。事后，叶梦影和李远郑重道过歉。不过她能感觉到，李远态度比之前淡漠了。

想到这件事情，叶梦影心情极度矛盾。一方面，她想询问李远的私事，一方面又怕惹李远发火。她只得小心翼翼委婉打探。

她原本是个孤傲的人，清冷卓然，自有一番性格。可是在这段感情中，她好像渐渐迷失了自己，已经成了被感情主宰的人。甚至可以说，她在这段感情中丧失了主动权，地位十分被动，一直诚惶诚恐着。

年轻人正确的恋爱方式应当是携手共进，共同成为优秀的人，一起成为彼此心中的光和热，而不是一味地把希望寄托在对方身上，这种爱情不会长久。很明显，现在的叶梦影没有认识到这一点，她已经犯了爱情中的大忌。

“李远，你最近工作生活还顺利吗？”叶梦影耐心询问着。

电话这头的李远刚下班，一天的忙碌工作，使得他身心俱疲，话语间带着明显的疲倦之意：“还好，就是工作忙了点。”

叶梦影沉思了好一会儿，才小声询问着：“工作这么忙吗？”

李远听完后，眉头猛然一蹙，后来又想起叶梦影上次所说的话。在没有任何证据的情况下，她把自己工作的忙碌，定性为是和许美静约会。

李远当时愤怒不已。现在心中对此也还留有阴影。他是这么高傲的男人，最讨厌别人诬陷羞辱自己。

事情过去有一段时间了，按理来说应该翻篇。李远本也有心忘记这件事，只是当心中有一根刺的时候，即便已经将它连根拔起了，也会留下深深刺痕。

李远和叶梦影相知相恋多年，他非常了解叶梦影的性情，只通过这短短的一句话，他已经悟出叶梦影话语中的深意了。无非是想拐着弯打听他和许美静之间的事。

“工作当然忙，要是不忙的话，哪来的业绩？哪来的进步？你说对吗？”李远对叶梦影猜疑似的刨根问底，有些反感，淡淡回复着。

李远的淡漠态度，让叶梦影很受伤。她悻悻闭嘴，没再继续询问，而是有一搭没一搭，说着其他的话题。

当叶梦影和李远抱怨起自己的工作时，李远不再像原来那么好脾气，一直鼓励安慰叶梦影，而是会反问：“是不是你自己做错了啊？我觉得，你应该要好好反思反思自己身上出的问题。”

“我没有做错，这分明是领导在刁难我。”叶梦影辩驳着。

“如果你做得很好，我相信你的领导同事不会针对你。凡事要先从自己身上找问题，而不是永远去抱怨别人。”李远和叶梦影讲述着各种道理。

虽然李远这话说得也没错，可叶梦影心中越发失落，越发心灰意冷。她找李远聊天谈心，本是希望能够得到男朋友的安慰鼓励，谁知现在却又被说教了一顿。

两人这次通话很不愉快，叶梦影没过多久便挂了电话。

她感觉找不到和李远的聊天话题了，两人似乎再也没有当年的默契。

李远骤然变化的态度，让叶梦影无所适从。

夜色深沉，叶梦影却毫无睡意，她躺在床上翻来覆去，久久无眠，心中满怀惆怅：她和李远怎么就这样了呢？

…………

许美静对李远的攻势，越发强烈。这些，李远都能感觉到。他没有去接受，也没有去排斥。

也正因此，才有了许美静对李远大胆表白的那一幕。许美静拿着玫瑰花，含情脉脉看着李远："李远，我一直都很喜欢你。你能接受我的表白吗？"

对于来自许美静的正式表白，李远没有多惊讶，因为似乎这是意料之中的事。

许美静家世好，长得漂亮，工作能力又强。这样的女人，是万千男人心中的女神。事实也确实如此，追求许美静的人很多，都能排好几条街了。

但这份天大的喜事，对李远而言，则是一种痛苦和纠结。他知道要是选择许美静，自己的人生肯定前途似锦，曾经梦寐以求想要的一切都唾手可得。

李远心想，要是自己没有认识过叶梦影的话，肯定会接受这种别人梦寐以求的桃花缘。

可是当他真正要放弃叶梦影的时候，心中还是很舍不得。即便他现在对叶梦影有些不满，两人毕竟也有那么多年的情感，一路走来，相扶相伴。

而他对许美静的感情，远远没有这么强烈。李远的确羡慕许美静的家庭和能力，不过却对她没有多大爱意。

李远深吸了口气，缓缓道："你应该知道，我有女朋友，我们相爱很多年了，不只是普通的男女朋友，早都已经视爱情为亲情了。"

"我知道，你的一切信息我基本都知道！"许美静温柔漂亮的脸上露出坚定之色，定定地看着李远，欣赏着眼前这张俊朗帅气的脸庞，"李远，我喜欢你，只喜欢你这个人，和你周围的一切都无关。我知道你有女朋友，可总是抑制不住自己对你的情感。"

说到这里，许美静忍不住苦笑一声，精致的脸上浮现出了一丝凄怆笑容，"我是不是很傻啊？"

李远垂下头来，叹息一声："对不起……"

“我不要你说对不起，我只想知道你的答案，你的态度。我和你女朋友之间，你选谁？”许美静抛出了一个致命选择。

这真是个两难的抉择，按照本心，李远肯定是想选叶梦影，可是他又不好得罪许美静。毕竟许美静手下有那么多资源人脉，对他的前途非常有帮助。借助许美静的力量，李远可以青云直上。

此时人的劣根性，在李远身上体现得淋漓尽致。这个曾经正直、热血的大男孩，经过时间无情的洗礼，已经慢慢变成了曾经他最鄙夷的那类人。

李远没有回答，一直在沉默着。许美静看到他这般模样，继续说着一些非常实在的话，期望这些话能打动李远。

“你和叶梦影虽然是男女朋友关系，可是你们还没有结婚，一切就都有变数。只要你没有结婚，我就有权利和叶梦影公平竞争。为了能够更好地了解你，我顺便也了解了下你女朋友叶梦影的情况。据我所知，她个人能力有限，家里又穷。试问这样的人，对你的未来有什么帮助呢？你和她结婚，只会不断拖累你自己。”

“李远，我们都是成年人了，不要那么单纯天真，都要现实一些。我知道你是个心有抱负的男人，你唯有选择我，才会以最快的速度奔赴成功。”

许美静说的话，字字一针见血，可又字字有道理。李远又何尝不知道呢。

就算许美静说得天花乱坠，李远也不可能立刻选择她。除去叶梦影这层因素之外，李远也很不自信。他有才华，和普通人相比，李远确实是个突出的存在。

可在许美静面前，他心底自卑的种子总会蹿出来。李远不相信许美静会看上他，会接受他的家庭以及他的全部。他心中默默想着，许美静肯定是图一时新鲜感而已。

以目前的李远而言，他无法把控住许美静的想法。许美静就像一只航行于大海的帆船，他却不是那个摆渡人，更不是那个方向盘。

在许美静面前，李远一直是个勤勤恳恳、唯命是从的下属，他找不到什么成就感。可是在叶梦影面前，他却是小有成就的有为青年。

李远回想着他和叶梦影之间的相处模式，叶梦影也就像是他的女儿，似乎还没有长大，什么事都要依靠着他。也正因此，李远成了叶梦影的主心骨、方向标。

李远很享受来自于叶梦影的崇拜，他觉得这份从零开始的爱非常踏实，而许美静给不了他这样的安全感。

李远慢慢对他和叶梦影之间的感情，感到力不从心。

夜风吹来，将李远的心绪吹得更加纷繁复杂了。他望着月夜下的许美静，对方身上散发出的独立干练气质，似乎就是叶梦影成功后的样子。

这一瞬间，李远看得有些痴了。

站在李远面前的许美静，却并不知李远的心思。

“李远，你考虑清楚了吗？”许美静柔声问着。

经过刚才一番内心纠结后，李远想到了脱身之策，他有了一种极为自私的想法。他想在许美静面前半推半就，以达成他事业高升的目的。或许一年半载之后，许美静就对他没兴趣了。到那时，他就可以和叶梦影顺利结婚。

如此一来，他哪方面都不会有损失，这可是李远眼下唯一能想出的两全其美的办法了。

“可以再给我点时间吗，我很多事情还没处理好，一下子想不清楚。”李远半推半就着。

许美静点点头：“好！我知道你和叶梦影有很多年的感情，让你瞬间放下，这也不现实。我爱你，我愿意给你时间。但是，我希望不要太久。”

李远在心中是很鄙视自己这种行为的。他能感觉到，现在的自己变了，早已丧失了当初那份纯真坦荡。

李远不想将不光彩的想法告诉叶梦影，因此选择了隐瞒。只是夜深人静时，他的感伤之情和愧疚之意非常浓烈。也只有在午夜梦回时，他才能追忆年少时的那份情怀。

第 25 章　渐行渐远

李远事业风生水起，很快成了公司里不可或缺的人。叶梦影远远不如他这么顺利，不仅承受着工作的压力，还承受着来自于李远的冷落。她很隐忍，一个人默默咬牙扛了过来。

虽然叶梦影的实习公司并不有名，她的实习岗位也和专业不对口，好在她也算平稳度过实习期了。转正的待遇会比之前好很多。在这段实习经历中，叶梦影也收获了很多。

她懂得了很多人情世故，也对工作有了一定的熟悉。正式上岗之后，意味着她有了一份稳定的工作、稳定的经济来源。叶梦影不再像以前那样茫然无措，至少还有一个盼头。

在被李远冷落的这段时间里，叶梦影没有心生怨言。她开始学会自我成长，自我救赎。她也终于明白，只有自己才是最可靠的，哪怕是最亲密的李远，都无法对她的人生带来实际性的帮助。

叶梦影依然爱李远，只是她的爱与以前有些不同了。以前因为爱李远，她把李远当成太阳，当成希望，当成人生救赎。可现在回过头来，发现自己从前的想法和行为有些幼稚。

李远也是一个普通平凡的人，不是神，也不是救世主，没有理由一直对她的人生负责，更没有理由对她的家人负责。

回忆起过往种种，叶梦影有些恍然大悟的感觉，甚至生出了几分懊悔。

和她谈恋爱这些年来，李远也付出够多了，一直陪着她哭，陪着她笑，在这段感情中默默奉献自己。

正是因为想明白这些，叶梦影开始端正态度，她不能再让李远为她的人生买单，她必须自立！她也不能让李远活得那么窒息，要给李远一个轻松快乐的恋爱氛围。

叶梦影为爱情做出了巨大的自我改变，可是李远并非如此。这个男人有着非常远大的理想，于是把所有的精力都放在工作和维护与许美静的关系中，以至于越发疏远叶梦影。

这天，李远和许美静正在西餐厅里享受着上等牛排，两人喝着红酒，酒意微醺，他们的脸都有些红了。这般模样，像极了谈恋爱时的青春男女。

“怎么样，这里的牛排还合你口味吗？”李远一边给许美静倒着红酒，一边笑着问道。

“非常不错。很合我口味，你挺会挑地方的。”许美静环视了西餐厅一圈，露出了满意的微笑。无论是牛排口味，还是餐厅氛围，都无可挑剔。

“李远，谢谢你的用心安排。”许美静端着高脚杯，眼神迷离地看着李远。

李远从不喜欢吃西餐，虽然他平时比较节省，但之前在硅谷也是见过世面的人。他为了心中的事业也是委曲求全了，“来这里吃美味是很享受。”李远讲着违心的话。

平日里从李远的穿着用度来看，许美静知道这是一个较为节俭的男人。现在为了哄自己开心，居然舍得来这么高档的西餐厅消费。可见，她在李远心中还是有很重分量的。

许美静不缺钱，什么样的高档场所没消费过。她开心的，不是有美味牛排可吃，而是来自李远的一番心意。

她喜欢李远，欣赏李远，也知道李远的家境并不富裕，他挣钱十分辛苦。因此许美静送了一份非常昂贵的礼物，作为给李远的回赠。她从精美包包里面掏出一块手表。

这是一款瑞士男士手表！

许美静十分慷慨道："李远，这块手表送给你。"

李远看着做工精良的手表，连连摇头拒绝："不，这个礼物太贵重了，我不能收。"

"一定要收下，这是我的一番心意。你要是不收下，就是看不起这个礼物，看不起我喽。"昏黄灯光下，许美静冲着李远眨眨眼，眼神中尽显无限的俏皮灵动。

李远再三推辞，实在推辞不过，只好勉强收下。有那么一瞬间，他盯着这块瑞士手表出了神。不是因为手表有多精致，也不是因为它昂贵，而是因为想到了从前的往事。

几年前，叶梦影也送过他一块手表。只是一块很普通的手表，其贵重程度当然无法和许美静所送的国际大牌相提并论。可是当初的李远，在收到这份礼物时欣喜若狂。觉得这是他人生中收到的最珍贵的礼物。

他和叶梦影之间的爱情，便是始于一块手表。

李远还记得，那会儿叶梦影把自己的感情，全部写在了明信片上，压在钟表盒的最底层。那是少女最天真最青涩的情感。时至今日，李远都能记得叶梦影所写的每一个字。现在回想起来，他不禁怀念起当初那段怦然心动的过往。

只是青春已经一去不复返了，那些甜蜜青涩的过往，早已被无情的社会现实所覆盖。随着岁月的流逝，随着不断的成长，那些美好也在渐渐褪色，也变得越来越模糊。

李远目不转睛盯着这块手表，思绪万千，全程都是走神状态。许美静见状，扑哧一声笑了：“你这呆子，看手表都能看傻吗？”

许美静当然不知道李远所思所想。被许美静这么出声打断，他哦了一声后，立刻回过神来。

他压抑着复杂的心绪，强扯出笑脸来：“我这不是没见过什么世面吗？突然间收到这么贵重的礼物，受宠若惊。一时间看呆了。”

“这礼物也不算很贵重。以后你要喜欢什么，无论多昂贵，我都买来送你。”这会儿的许美静兴致高涨。

许美静能感觉到李远在慢慢接受她，慢慢对她的感情做出回应。她这么长时间来所下的功夫总算没有白费。

正当两人在牛排店浪漫着，这时李远的手机响了，他一看来电显示，便想迅速挂断。

这时许美静说道：“你是不是有什么重要的事情？那你先赶紧去处理吧。等处理完了，我们再继续吃。”

这个电话是叶梦影打来的，李远十分心虚，不敢接。好在许美静宽容体贴，提供给李远一个接电话的私人空间。

李远和许美静说了声抱歉之后，赶紧到走廊尽头的角落，拨着电话。

叶梦影没有打通李远的电话，十分沮丧，现在看到了李远回电，沮丧心情瞬间一扫而光。

叶梦影接起电话，语气激动：“李远，你还在忙吗？”

李远正愁没有借口，这下叶梦影的提醒，倒给他找了一个非常合适的理由。于是迅速回答着：“啊，对。是有点忙。梦影，你有什么事吗？”

叶梦影一听这话，一颗满怀热忱的心，像是被凉水浇了一番，从上而下，凉得彻底。

她找李远，确实没有什么重要的事。只是她很想李远，想和李远聊聊天，说些恋人之间该说的情话，说些自己在工作中的心得，顺便告诉李远一个好消息：她顺利通过实习，已经转正了。

不过她还没开口，就被李远一句话堵了回去，这可真是极讽刺的事啊。

按照以前叶梦影的性格，会对李远说些抱怨的话。只是现在不会了，三个月的成长，她学会了更加包容。叶梦影只好将委屈和难过，隐匿在心中。

“没什么其他事，那你先忙吧，完了再说。”叶梦影轻声道。

“好，那我先挂了。”李远还急着陪许美静约会，迅速挂了电话。

这边的叶梦影听到电话里传来的嘟嘟声后，再也抑制不住悲伤，掩面而泣！

她肩头颤抖，蹲在地上，眼泪一滴滴滑落。

在之后和李远相处的过程中，叶梦影再也感受不到心上人的温暖关怀。她和李远的聊天次数，也在急剧下降。

李远精神上的轻微出轨，直接导致了他和叶梦影日常聊天中的不耐烦。李远经常聊着聊着就走神，往往半天回不上一句话。

两人的交流互动，实则不过是叶梦影单方面的发言罢了。

内心敏感的叶梦影早就察觉到两人之间出现了问题。只是她依然很相信李远的为人，觉得李远不会背叛她。两人之间之所以这般疏离，可能是和长期的异地恋有关。叶梦影有心弥补这种隔阂，因此精心打扮了一番。

她平时生活极其俭朴，连稍微贵点的饭菜都舍不得吃，可是在买机票上，却显得十分“豪气”。她临时买了一张去深圳的机票，因为不是夜间航班，价格很贵。

叶梦影只想给李远一个惊喜，这时已经顾不上机票贵与便宜这个问题了。当她兴奋地一路奔波辗转来到李远的公司楼下后，却得知李远不在公司，早在两天前已经去新加坡出差了。

同事告诉叶梦影："不出意外的话，李远大概还有半个月才能回来。你是有急事要找他吗？那我帮你联系一下。"

"谢谢。也没什么急事，我就是来看看他。"叶梦影道谢后，失落地离开了，她的脸上写满了无言的悲伤。

她无法想象李远居然连出差这么大的事情，都不和她打一声招呼，两人之间的感情，已经生疏到了这份上了吗？李远还是当初那个连一点芝麻小事，都要和她如实汇报的人吗？

其实静下心来仔细想想，她和李远之间的感情真的出问题了。这半年来，她除了知道李远忙忙忙，无穷无尽的忙碌之外，似乎对于其他的一无所知。

叶梦影笑了，自嘲地笑了，又难过又卑微。

在这明媚炽热的仲夏，叶梦影的心境十分清寂，仿佛周围的车水马龙和她彻底隔绝了。深圳的繁华与她毫无关系。

她背着背包，漫无目的走在街上。周围来来往往的人群，每个人都是那么的行色匆匆，表情冷漠。

人与人之间的关系是这般的疏离，她和李远之间好像也是这样的。两人从当初的无话不谈、情投意合到现在的联系寥寥，难道这就是爱情的最终结局？

叶梦影越想越难过，这是她竭尽全力，甚至用生命去呵护的爱情啊，真的已经到了一文不值的地步了吗？

眼泪又一次不争气地从眼角滑落。

叶梦影还没有从悲伤的情绪中走出来，李远的电话轰炸又来了。

“你是不是有点傻啊？从海南到深圳的机票不贵，你如果见到我，倒也还算花得值。可问题是，我暂时没在深圳啊。你这白来一趟，花了机票钱花了路费，你这不是白忙活？”

“你怎么做什么事都不和我商量一下啊？平时连吃饭都不舍得花钱，为什么要这么鲁莽地把钱花在机票上？多吃点好吃的、多买套像样的衣服不好吗？”

李远将叶梦影一通数落，他觉得叶梦影真的极其幼稚。他甚至怀疑叶梦影的处事方式，是否达到成熟的标准。

叶梦影接到电话，等来的不是道歉，也不是安慰，居然是对方的质问和指责。

刹那间，她的心碎了。

叶梦影冷笑一声：“那你和我商量过吗？你去新加坡出差这么大的事情，何曾与我透露过只言片语呢？我要是事先知道，又怎么会莽撞买机票过来呢？李远，可能你说得没有错，我是愚蠢，我是个呆子。因为爱你，我没有判断力，没有思考力，我变成了一个呆子！一个彻头彻尾的呆子，现在你满意了吧？”

叶梦影发泄完之后，便是撕心裂肺的哭泣。隔着电话屏幕，李远仿佛能感受到叶梦影的浑身颤抖。

李远很是惊讶，没想到叶梦影反应竟然会这么强烈，他赶紧说着道歉的话：“梦影，对不起。我最近有点心烦，也走得急，正想着后天刚好周末再和你联系的，没想到你来得这么突然。最主要是你因为我乱花钱，所以才发脾气。”

叶梦影没有说任何话，只是无力地挂了电话。

事后李远又一次打电话道歉，还将自己近期所赚到的钱转了一半给叶梦影。

只是两人感情的裂痕很深，早已不是金钱所能弥补的了。

年少的时候，他们一起畅想未来，以为有了稳定的收入之后，爱情会变得很美、很浪漫。没想到当真正步入社会，有了一定的经济能力之后，爱情竟越走越远。

第 26 章　唯有自己靠得住

叶梦影当真是诸事不顺，一方面她和李远之间的感情产生了深深的裂痕，一方面她那奇葩的家庭又出了变故。

母亲的电话打来时，叶梦影手竟然忍不住颤抖了下，她有着发自本能的心悸。这么些年来，她早就摸清了家里人的套路。但凡有好事，都不会打电话来。每次接电话，她都会听到各种各样的意外。

这些意外，都和钱字撇不开关系。自从叶梦影读大学以来，她与家人之间的亲情越发淡漠了。父母和她讨论得最多的字眼，就是钱。

倘若叶梦影经济宽裕倒也还好，念在养育之恩的分上，会给予家庭适当帮助。可问题是，她也没钱，连顿像样的饭菜都很少吃。

她面对嗜血一般的家庭，很是无能为力。然而父母却从来不会替她考虑，把清贫的女儿当成摇钱树，无穷无尽地进行着剥削。

叶梦影这棵摇钱树，已经摇摇欲坠了。她不知道自己还能承受多久，压弯生命的最后一棵稻草，也许下一秒就来临了。

叶梦影定睛看着不断闪动的手机屏幕和不断响起的铃声，觉得很心烦。她立刻将手机调成了静音，不顾母亲的电话轰炸。

只是她的母亲刘素香，可不是吃素的。特别是在剥削女儿这方面，很有一番套路。见电话打不通，又开始进行短信轰炸，一条条哭惨卖穷的短信出现在叶梦影手机上。

叶梦影这次学会了拒绝，她对此置若罔闻，只是她可以拒绝母亲，可以不接母亲的电话，但是没过多久，她家里人的电话、亲戚们的电话轮番轰炸而来。

坚强的叶梦影再也抵挡不住了，只能再一次选择低头，她被迫接起奇葩母亲的电话。

刘素香一开口，就是河东狮吼一样的咆哮："你这瓜女子，到底在外面做什么？每天打你电话你不接，发你信息你不回，你眼里还有没有我这个做母亲的，还有没有我们这个家？"

"你现在翅膀还没有硬，就开始对我们不管不顾了。你要知道我们供你读大学，让你顺顺利利毕业，这当中吃了多少苦。吃水都不忘挖井人的，你做人可不能这么没有良心！”

叶梦影没吭声，静静听着她母亲的咆哮，嘴角浮现出了冷冷笑意。有时候她宁愿一道惊雷劈下，将自己劈死算了，省得她忍受这种无穷无尽的折磨。

“影子，你又在装傻充愣是吧？你咋不吭声？”刘素香就没有一句好话，没有给予叶梦影半分人格上的尊重。

准确地形容，在刘素香眼里，叶梦影并不是一个独立的人，她只是一个工具，一个带领家庭走向富裕的工具。叶梦影不需要有独立的思考能力，只需要为家庭服务就行，这是贯穿她一生的宿命。

“我知道你是有意不说话，没关系，你给我好好听着就行！家里面出了好些状况，你也不闻不问的！你弟高考完了，连大专都没考上，至于接下来他该怎么办，家里也没主意。你毕竟念过大学，在这方面有经验，你给出个主意！”

“还有个事，你爸为了多挣些钱，送了好多礼出去，好不容易接到市政相关的一个小工程。已经干完活了，但因为之前不懂，没有签合同，要不到工程款。车队的几个人三天两头上门要钱，家里被闹得鸡飞狗跳，天天不得安稳！”

“你毕业半年也存了些钱吧，也该你帮家里了，这么大的人了我也不多说！”刘素香用命令式的语气，交代着叶梦影。

“我没有积蓄，自己的日子都过得很清苦，哪来的钱接济你们？”经历过职场沉淀的叶梦影，思维比从前独立开阔不少，也开始知道为自己打算。她终于有了一口回绝的勇气。

“至于弟弟的事情，我也拿不出什么主意，你看他自己想做什么，就让他按照兴趣来吧。旁人没办法替他做主。”叶梦影也一点也不想管弟弟的事情，她弟弟叶志强就是一个典型的废柴，学习能力差，也不好好学，做什么都没主见。从小到大都被妈妈拿捏得死死的，这样的妈宝男怎么可能有出息？

如果叶梦影现在替她弟弟做主了，那以后，她弟弟混得不好，家里面把所有账全部赖在她头上。叶梦影不愿去蹚这个浑水，她已经看透了这个家庭。

“你又说什么鬼话！工作半年一分钱都没有，那你的钱花到哪里去了？是不是都被李远骗走了？”刘素的嗓门更加大了，怒火也更加旺盛。

她知道叶梦影肯定是不想出钱出力。凭借多年对女儿的了解，叶梦影绝不是那种乱花钱的人。她勤俭节约，这样的女孩怎么可能存不下钱？

叶梦影深深叹息着："这半年基本都是实习期，工资很低。现在物价这么高，我平时连件衣服都舍不得买，还要租房子，我是真的没钱。我要是有钱，哪回没有帮过家里。你现在就是拉我去卖血，都卖不了多少钱啊。"

"行吧。你要真是没钱，那妈也不勉强你。"

叶梦影一听，还以为自己出现幻听了，她的母亲那般势利，怎么会就此善罢甘休？

果然她的猜测非常准确，下一秒，她母亲便说着特别不靠谱的话。

"卖血不至于，你好歹是妈身上掉下来的肉，妈怎么忍心逼你呢？不过你几年没回家了，我们也想你了，你回来看看。我给你寻思了几个对象条件还不错，你试着处一下，咱要是不喜欢也不勉强。还有就是从小我跟你爸在外面跑车，把你放到你外婆家长大，最近你外婆生病一段时间了，估计剩下的日子也不多了，你得回来看看她。"

叶梦影的外婆的确是生病了，但刘素香醉翁之意不在酒，她这次一定要趁机把叶梦影叫回去。

以前她还只是剥夺叶梦影的钱财，现在更过分，开始剥夺叶梦影的爱情和她的未来。这实在残忍至极，这番话说出去，都令人发指。但刘素香，一定不这么认为。

"妈，我很明确告诉你，你死了那条心吧。我有喜欢的人，我和李远两情相悦，我们交往了很多年，我是不会丢下李远的。至于家里出的问题，我很抱歉没有能帮上忙。”叶梦影用颤抖的声线，斩钉截铁拒绝着。

“你现在可真是长了能耐了！去大城市读书见世面，好的没让你学到，坏的你全部学了个尽！我警告你，你这次要是不听我们的安排，以后你就别认我这个妈！不要回这个家！”

叶梦影巴不得和家里面脱离关系，自家母亲的话正中她下怀。

当然，刘素香怎么可能这么轻易放过叶梦影。她补充着条件：“我们生你养你，这么多年。又供你读大学，你想想这笔账该怎么算吧！你要还我们多少钱，等还完之后，我们再断绝关系吧！”

叶梦影懒得听刘素香的怒吼，直接挂了电话。接下来的几天，她特别不好过，不停地接到家里的电话催促、短信威胁。父母甚至扬言要来海南找她，她始终咬紧牙关不松口，坚信父母找不到她的地址。

绝望之下的叶梦影把这些事情和李远说了，她以为李远会给出意见，会说些安慰的话。没想到李远只淡淡回复了几句，表示叶梦影自己做主就好。这是叶梦影的家事，他不便参与。

这让叶梦影更加心碎，完全心灰意冷，对李远已经彻底不抱任何希望。家庭的施压、爱人的疏离，让刚入社会的她，经历着一系列的打击，叶梦影已经快窒息了。

李远是她曾经想要朝夕相伴的爱人，是她愿意付出一切的男人。可现在这个男人已经变了，变得让她越来越陌生。

叶梦影已经接受了她和李远之间的感情正在慢慢变质的现实。她开始在极度没有安全感的状态中，忍受着煎熬。

第 27 章　当呐喊变得无力

时间飞逝，转眼叶梦影已经毕业一年多。她和李远之间的感情也随着时间的流逝，悄然发生着变化。

两人的感情从最初的如胶似漆、无话不谈，到现在的不咸不淡、不冷不热。两人都忙着自己的事情，很少见面，这给一直爱慕李远的白富美上司许美静，提供了乘虚而入的机会。

下班之后，许美静特意找了个理由，让李远留下来加班。她放走了办公室所有员工，自己则陪着李远一起奋斗在工作岗位上。说是奋斗，其实也不过是许美静想接近李远所找的理由罢了。

和李远独处时，许美静脸上露出了灿烂的笑容。

“李远，你饿了吧，先吃点东西。我看你最近心事重重的，可得注意身体。”许美静一边柔声说着，一边将买好的晚饭放到李远办公桌上。

李远看着热气腾腾的饭菜，心有感触，一种温暖从心底流过。他和叶梦影的感情出现了裂痕，情侣间的温情不再。

数月以来，李远很少能享受来自于叶梦影的关怀。对感情陷入低谷期的他来说，许美静的温柔细腻十分可贵，同时也是极具诱惑力的。

李远道："谢谢。又麻烦你了，真是很不好意思。"

许美静将略微垂散下来的发丝，轻撩在耳鬓之后，微微一笑："李远，看你说的，这有什么麻烦的啊？我们都是同事，都为公司效力，平时互相帮助关心也是应该的。"

虽说许美静说了许多宽慰的话，不过李远觉得自己是个大男人，经常让别人请客吃饭，他心里很过意不去："那，下次我请你吃饭吧。"

"行。"许美静又是柔声一笑，她心里正求之不得，巴不得和李远有更多独处的机会。

近段时间以来，聪明细腻的许美静也发现了李远对她的态度变化。

李远当初刚进入公司时，对她尤为恭敬，且带着疏离感。然而现在李远与她的距离越来越近了。许美静相信，只要她再努力一些，假以时日肯定能俘虏李远的心。

两人在办公室里吃着晚饭，忙碌了一天的李远早已饥肠辘辘，他此时大快朵颐着，没怎么讲究细节，以至于嘴角残留着一些渍迹。

许美静见了之后，抽出一张纸巾来，轻轻擦拭着李远的嘴角。

“你啊，还真像和孩子一样。”

“我……我自己来吧。”面对许美静如此细心的照拂，李远有些很不适应。

“傻瓜，你又没照镜子，肯定擦不干净。”

许美静亲切唤了李远一声傻瓜，这称呼可谓是十分亲密了，已然超乎了上下级之间的界限。无形中更是拨动着李远的心弦。

几天之后，李远为了表达自己的谢意，请许美静吃了一顿西餐。

李远在其他方面很节俭，但这次请客，却是很舍得。他选了一个格调很高的西餐厅，这里环境幽雅，服务十分周到。

“今天吃饭的氛围很浪漫。谢谢你，李远。”许美静开心道。

“不用这么客气，这都是应该的。自从来到公司之后，你对我各种关照，这些我都记在心中。比起你对我的帮助，这顿饭实在是微不足道。”李远眼神中充满了感激。

两人在浪漫的氛围下享用着晚餐，经过这件事之后，李远和许美静的关系迅速升温。

而这一切，叶梦影并不知情。在这几个月时间里，她的日子过得也很煎熬。一方面要面对家长的各种施压，一方面又看不到她和李远之间的未来。

叶梦影知道李远变了，再也不像以前那样温柔了。她在李远身上感受不到稳定感和安全感。再加上自己的工作也没有着落，叶梦影的心情越来越糟糕，情绪越来越暴躁。

叶梦影十分想念李远。和李远之间的感情走到这一步，她也很难过，有时也深深自责。她知道这样下去，肯定不行。

于是想静下心来，好好和李远谈谈两人之间的问题，顺带也给李远一个惊喜。叶梦影便又悄悄买了一张火车票来深圳。

叶梦影来到李远的公司楼下，等待着心上人。可她看到了极不愿意看到的一幕！李远和他的美女上司一起下班，两人走在一起看起来是那么和谐。

李远在许美静面前，是那样的风度翩翩，和在自己面前呈现出的冷漠形象截然不同。

女人的直觉总是非常准确，叶梦影隐约之间察觉到了些端倪。

李远肯定变心了！

当初一开始看到许美静的时候，叶梦影便感觉到了一种深深的威胁。现在亲眼看到后，更是坐实了自己当初的担忧。

这时，叶梦影心中涌起一阵阵委屈和不甘。她和李远相知相恋多年，两人一路携手走来，共同面对了那么多风风雨雨。可如今，李远竟为了其他女人，想要抛弃两人之间这段坎坷又宝贵的爱情。

叶梦影泪如泉涌，内心无比绝望！

目睹着李远和许美静共同离去的背影，叶梦影独自一人去了河边，她一边吹着风，一边流泪。回想起和李远的点点滴滴，百转千回。

晚上，叶梦影来到李远的住所，轻轻敲着门。

李远起身开门，见到叶梦影的刹那间，他还是很欣喜激动的。

“梦影，你怎么来了？也不提前和我说一声，我好去接你啊。”虽说两人之间有矛盾争执，可这时的李远心里还是爱叶梦影的。

只是，李远表现出来的柔情，在叶梦影看来就是一种虚伪。

“李远，我问你个事。你要老老实实回答我。你是不是喜欢上许美静了？”

叶梦影开门见山的直接质问，让李远心中极度不适。

“你每天就想着这些子虚乌有的事？累不累啊？”

叶梦影冷笑：“你不要打岔，只需要回答我的问题。”

“没有。”李远回答。他虽对许美静有些好感，但还远远谈不上喜欢。

“还说没有，我都已经亲眼看到你们出双入对了。李远，你到底要瞒我到什么时候？你要是想分手，痛痛快快说出来不好吗？何必脚踏两只船呢？”

李远原也是心气很高的男人，叶梦影这番话于他而言，就是狠狠的羞辱。

“你，简直不可理喻！我要是那种朝三暮四的花花公子，或许都换了无数个女朋友了，还用得着和你谈这么多年的异地恋吗？我和许美静只是普通的上下级关系。她对我曾经有过许多帮助，我感激她，请她吃了几顿饭，这有错吗？”

“你和许美静是什么关系，你自己心里清楚！”叶梦影向来是眼里揉不得沙子的人。她此刻愤怒异常，已然没有了理智，眼睛通红。

“行，我不和你吵，你爱怎么认为，就怎么认为吧。”李远狠狠揉了一把头发，无力地瘫在沙发上，点燃一根烟，低头沉默着。

不管接下来叶梦影如何吵闹，李远都保持沉默。

叶梦影受不了李远这种冷战，很快返回海南了。几次歇斯底里的争吵后，她想要轻生。

在这段感情中，叶梦影看不到任何希望，有的只是痛苦。有时候她都不知道，自己怎么会变成这般模样。

当然痛苦的不仅仅是叶梦影，李远也同样如此。两个年轻人都深陷在感情漩涡中，痛苦不已。

每次争吵之后，叶梦影都会郑重其事提出分手，她确实想要解脱了。

李远一开始不同意。可当叶梦影几次三番说分手之后，李远也慢慢动摇了，他同意分手。

可惜两人分也没分成，和好之后，又会有更多连续不断的矛盾。这种感情拉锯战没有尽头，永远都在不停上演着，这让叶梦影和李远两人都心力交瘁。

痛苦挣扎了半年之后，李远重新审视这段感情。他发现近期以来和许美静之间已经找不出明显的边界了，这是对自己的纵容，也是对许美静的不负责。他怕自己迷失，决定收敛自己的心，和许美静保持距离。

而与叶梦影的这段感情离自己的初衷也越来越远，早已不复当初的甜蜜温馨。有的只是彼此之间的争吵和猜忌。

“梦影，我们分手吧。”李远在电话里，郑重说着这事。

这一次，李远很认真地下定决心。

“好啦，你别说气话。我知道错了，之前是我太任性了。”叶梦影轻声说着。她一点都没意识到这是最后的通牒。

李远也不是狠心绝情的人，听到叶梦影的主动道歉之后，他心软了下来，也便没有再说更多关于分手的事。挂了电话之后，李远陷入更痛苦的深渊。

李远讨厌这种感情拉锯战，他想快刀斩乱麻解决问题。要么就和叶梦影迅速结婚，要么就彻底了断这段感情。

恰好这时，叶梦影提出要回家的想法。她从大三到现在，已经三年没回家了。想趁着这段时间回家看看外婆，也让自己冷静冷静。

叶梦影千里迢迢回到老家后，并没有等来父母亲的亲切问候。母亲刘素香对她骂骂咧咧，骂她是白眼狼，三年不回家。

出完气之后，刘素香开始旁敲侧击着叶梦影和李远之间感情的事，询问女儿关于结婚的打算。

当一系列难过和不愿意被提起的问题，如同炮轰似的涌来，叶梦影内心接近崩溃。被母亲问得烦了，她情绪失控，当场歇斯底里道：“我和李远怎么样。那是我们的事，不需要你们管！”

“我的天，你现在真是翅膀硬了！我们管不了你了是吧？你别忘了，是谁供你长大的，你现在上了个大学都能耐成这样了，你好好拿镜子照照自己！”

“啪”的一声，刘素香将手里的水杯扔在地上，摔门而去。

叶梦影眼泪夺眶而出。

…………

叶梦影回到老家的几天里，李远常打来电话，他正式提出和叶梦影结婚的计划。而叶梦影硬着头皮和家里沟通了几次。

“你们结婚可以，让李远给十八万的彩礼！否则，他想娶你，门儿都没有！”叶青山狠狠撂下话。

叶梦影从小生活的家乡非常落后，人们思想很愚昧，而且非常爱攀比，总认为彩礼给得越高越体面。哪家彩礼要得少，这家女儿就会被别人猜疑是不是有什么问题。这家人也会成为别人嘲讽的对象。

这是多少年来的习俗，叶梦影无力改变，她只好接受。她和李远沟通了这事，当听到十八万的彩礼后，李远心灰意冷。

“梦影，我家你也去过，又不是不知道，还不如你家，你爸至少还买得起大货车，我爸连手扶拖拉机都买不起。

他们供我读完大学，已经很不容易。就算是砸锅卖铁，也凑不出十八万啊。我倒是攒了几万块钱，但离十八万这个数字还差得很远，要不然我和你爸妈商量先给一部分把婚结了，剩下的后面挣了钱再给怎么样？”李远语气沮丧。

叶梦影深爱着李远，不愿对方这么痛苦。于是哽咽道：“你想都别想，我太了解他们了，我们这边也有很多这样压低彩礼的套路，在这方面我爸妈根本就不会考虑的。还是想想别的办法吧，我都听你的！”

李远：“那我们先偷偷登记结婚，只要领了结婚证，你父母就不会再有什么意见。至于之后，等我们有钱了，再弥补他们，可以吗？”

“嗯。”叶梦影很快答应了。

只是叶梦影好几年没回过家，她不知道户口本放在哪里，于是有意无意询问着关于户口本的事。

刘素香心眼很多，一下便听出了叶梦影的言外之意。她猜测叶梦影询问户口本之事，肯定是想偷偷和李远领证结婚，来一招生米煮成熟饭。

“户口本，就在我们房间的黑色大箱子下压着呢。”刘素香故意说着。

叶梦影不知母亲的心思，果然趁着大家不注意的时候，偷偷溜进了父母的房内。搭上楼梯，偷拿了户口本。

可惜，还没走出房门，就被母亲截住了。

刘素香质问着：“你拿户口本，要做什么？”

叶梦影心悸万分，她垂下头来，支支吾吾回答：“我……我之前找了份工作，单位说……让我寄户口本复印件过去。”

“胡扯！你分明是想和李远领结婚证吧！就你那点心思，我还不清楚吗？”刘素香一把扯走户口本，“肯定是李远给你出的这鬼主意，这家伙算盘打得可真不错啊。他拿不出钱来，别想娶你！”

“你给我听好了，从今天起不准再回海南去，也不准再和李远见面。你给我好好在家待着，我给你寻个更好的！你要敢再离开家，我也不打算活了！”

“妈……不，我不要！”叶梦影几近崩溃，歇斯底里哭喊着。

第 28 章　飞蛾扑火

叶梦影无论再怎么挣扎，也挣脱不出父母的束缚。

就这样，叶梦影被父母强行留在老家，重复着不断相亲的场面。她很排斥、内心很痛苦，私下里悄悄打电话将自己所处的困境告诉李远。

“李远，我现在很痛苦。我爸妈给我安排了很多场相亲。我根本就不想去，可是有太多的压力了。我已经快被压得喘不过气来了。李远，我想和你在一起，和你结婚生子，你快带我离开这里吧！”

曾经的叶梦影意气风发、才华横溢，对于自己想要得到的东西都会尽力去争取，身上有一种永不言败的精神。

然而岁月的蹉跎，生活的各种不如意，早就将叶梦影那股锐气磨平了。年少时，她有傲人的成绩作为资本，可以去争取自己想要的一切。

可现在从校门口走出之后，她身上的光环早已尽数褪去。现在的叶梦影连份稳定的工作都没有，她又有什么和父母叫板的资本呢？

她只能发出无力的呐喊。

李远听到叶梦影的痛苦心声后，也心如刀割。他很想去叶梦影老家，带心上人脱离苦海。

可是他拿不出十八万的彩礼。

十八万彩礼，就像一道深不可测的沟壑，横亘在他和叶梦影之间。

当爱情成了以金钱来衡量的筹码，这大概是世上最无奈，也是最悲哀的事情吧。

尽管李远在电话里一直尽情安慰着叶梦影，可是他已经预感到爱情渐渐走向了尽头。

他和叶梦影两个人都无力去抗争残酷的现实。这种长久的异地恋情中，两人都在消耗青春资本。这种付出和消耗，却永远得不到相应的回报，李远疲倦了。

他想，就这样算了吧。

与其守着一段没有结果又痛苦的爱情，不如尽早脱身，这样对两个人都好。

虽说长达六年的感情，他无法割舍，但考虑到现状，他又心累至极。身为一个男人，他更明白当断不断、反受其乱的道理。

李远深思熟虑着，几天之后给叶梦影发了一条很长的短信，谈关于分手的事。

李远没有勇气在电话里，听着叶梦影的声音，然后和对方提出分手。他害怕一听到叶梦影的哭泣，自己又心软了，又在深渊中徘徊。

出乎李远意料的是，叶梦影没有指责他，也没有打电话过来进行歇斯底里的咆哮质问，而是简简单单回复了几个字：好，我知道了。

李远永远不知道，他提出分手的事对叶梦影的伤害有多大，叶梦影差点哭晕过去。他带着幻觉和痛苦，亲手为这段同甘共苦多年的感情画上句号。

李远看着叶梦影简短的回复后，长长舒了一口气。原以为心中沉重包袱已经完全卸下，他可以无比轻松。

可是他竟紧紧握着手机，泪如雨下。

李远夜晚时独自一人走在海边，海岸线万家灯火的场景，和李远心中的落寞形成鲜明对比。

尽管他最近越来越感觉到和叶梦影走散的那天可能会到来，但当这一刻突然出现的时候，李远失魂落魄了，一时间觉得一切追求都没有了意义。

他忽然想远离城市的喧嚣，远离这浮浮沉沉的一切。去一个陌生的地方独自旅行。他想不被任何环境左右，然后认认真真地审视他和叶梦影一路走来的点点滴滴。

于是有了辞职离开深圳的念头，有了远离许美静的想法，有了不与任何人联络，然后销声匿迹的欲望。

在这人生最灰暗的时刻，李远脑海中忽然浮现出许美静的模样。不知从何时起，许美静在李远心中也有些地位了。李远无论遇到什么难题，都会第一时间想到许美静。他将自己的计划以短信的方式发送了出去。

许美静看到李远发的短信时，特意深夜到访。

“李远，抱歉。要不是因为我的出现，你和叶梦影之间不会相处得这么糟糕，当然也不会走向破裂边缘。”

李远摇摇头：“忙起来什么都不缺，空下来才发现什么都没有。我和叶梦影之间的问题已经不是一两天了。我们的感情走到结束，不是你的原因。这些年，我们之间聚少离多，给她的失望多于期望。”

“叶梦影不会为了我去和她的家庭完全对立。或者说她也做了些抗争，但在她父母给的巨大阻力面前，我们的抗争都是那么的苍白无力。两个都不足够坚强的人，又怎么能很好维系一段感情呢？”

许美静叹息：“李远你是个很有上进心的男人，你也很聪明。我相信以后，你一定会在事业上取得成就。希望你能尽快从失恋的悲伤中走出来。”

“另外我再告诉你一个好消息，公司要在苏州建立一个分部，我负责新团队的招募和建设，所以需要去苏州工作了。我已经和领导提议，等我离开之后，就由你担任项目经理。”

李远听到之后嘴角勉强露出一抹微笑，这种戏剧性的转折也真会赶场。他决定辞职的计划还没有说出口，虽说失恋给他带来很大的伤痛，可听到自己能够当上项目经理之后，李远心情顿时变得复杂起来。

许美静见状继续说道：“李远，我肯帮你也不是完全出于私心。主要还是因为你是个可造之材，能堪大用。你也不要有所顾虑，其实这次有两个人选，领导从多方面考虑还是比较倾向于你。我只是做了对你肯定的举手之劳而已。”

李远纠结再三，最终还是将自己的打算说了出来：“我，我想回西安了，从毕业到现在经历了这么多，我觉得自己走得太远，以至于我现在都快不认识自己了。深圳融不进去，家乡又回不去，只有西安那个上大学的城市才算是我真正成长的地方，只有在那里我才不会感到迷失……”

…………

临行之前，许美静又交代着李远：“既然你心意已决，我说再多也无济于事，以后你要是遇到问题，都可以找我谈心。不管是感情上的，还是工作上的，我很乐意倾听你的心声。”

很快许美静便离开了公司总部，去了苏州。

在许美静走后，李远再也没有主动联系对方。

李远回到了西安，切断了与所有人的来往。工作之外，李远的生活过得出奇的平静。

夜深人静的时候，李远重新审视自己，正视着他和叶梦影之间存在的问题。

最后，李远还是打了一通电话。

“抱歉。”李远好像除了道歉，不知道该说什么。

叶梦影在电话这头冷冷笑着：“你的抱歉，让我觉得很讽刺。”

李远：“对不起。我不奢望你原谅，只希望你能尽快从中走出来。”

叶梦影：“原谅？你当初把我从山谷摔下来的时候，可曾想过我会多疼？我曾经把你当作心中的太阳，你却是那般对我的。就这样吧，该说的话，从前我们之间都已经说完了。你应该有你的生活，我也有我的生活了。以后我们不要再互相打扰。就让往事尘封在记忆中吧。”

叶梦影果断挂了电话，她早就死心了。之前她最困难最绝望的时刻，是那么需要李远的帮助。可是李远竟然抛弃了她，选择亲手结束这段感情。叶梦影对李远早已经失望透顶。

两个人的陌路只是结果，而殊途真正发生的时候，街市寻常，行人匆匆。

当李远真正醒过来的时候，一切都无济于事，他想念过去，想念去世的亲人，想念昔日的朋友，想念与叶梦影的点点滴滴，还有那最初的梦想。

或笑或哭着前行，心中那个声音不停在耳畔回响，再也回不去了。

六年的等待、付出、奔赴，换来的是对方一句轻飘飘的祝你幸福。

他们从此各奔天涯，岁月的尘埃，滚滚扑面。时光荏苒，转身都已不再是原来的少年了。

她带着自知和热爱，重新开启了一段感情，接受了一位一直默默喜欢她的男生。

阅尽感情波折的叶梦影，这时也恍然大悟。在爱情里，本就应该自私一些，与其一腔热血飞蛾扑火地去奉献自己，还不如找一个爱自己的人好好过日子。

第 29 章　青春落幕

叶梦影结婚了，嫁给了一个家境殷实，又十分宠爱她的男人。

男人自己开了一家广告店，没有李远那么高大帅气，也没有李远那么才华横溢。但他踏实本分，总会给叶梦影带来满满的安全感。

无论发生什么事，男人总是第一时间将叶梦影护在身后。

就算叶梦影和他吵架，他也从不反驳，总是会面带微笑和叶梦影讲道理，讲完之后，又各种哄叶梦影开心。

叶梦影终于体会到了被爱、被珍惜的感觉。这份感觉，她在当年的李远身上很少体会到。

叶梦影细数她和李远这六年的异地恋，两人在一起的时间加起来仅仅只有四个多月，她并不否认李远当年对她的爱。可是在后来的爱情里，夹杂了太多的功利性。

这种功利性或许是来自外在环境，或许是输给了距离，最终在事业和爱情面前，李远选择了前者，而牺牲掉爱情。

在李远的观念中，一直想在事业和爱情之间实现双重丰收。

然而生活片段的出场顺序很重要，当他渴望陪伴的时候，出现了远赴大洋彼岸的际遇。当爱情幻灭，感到一切追逐都失去意义的时候，迎来了事业的星火。唯独他们最初在一起的时候，缺少了最需要的经济基础。

如果他当初不那么浮躁，如果他当初有过来人的指导，如果再坚持一些。

叶梦影在那段爱情中尝尽了委屈和辛酸，经常诚惶诚恐，没有任何安全感可言。她曾经被折磨得遍体鳞伤，快要疯掉。她自卑过，嫉妒过，轻生过……

好在她遇到了一个温柔的男人。男人用爱和责任感，将她从当初失恋的深渊中救出。

男人知道叶梦影曾经有一段长达六年的刻骨铭心的感情，但他从来不计较，笑嘻嘻包容着叶梦影的一切。陪她一起欢乐，陪她一起忧伤。

叶梦影也终于明白自己所需要的并不是轰轰烈烈的爱情，而是平淡细腻的陪伴。

渐渐地，她爱上了身边的男人。

因为遇到对的人，婚后的叶梦影日子过得十分甜蜜。

一年之后，叶梦影生下了女儿。女儿和她一样眉眼弯弯，长得非常好看。

一家三口其乐融融，叶梦影十分珍惜这来之不易的幸福。所以，她在尽力做好妻子的角色，母亲的角色。

…………

而李远则心无杂念，一心扑在工作上。他努力的付出，终于得到回报，在公司里发展得越来越好，前途一片光明。

两年之后，李远已完全从当初失恋的阴影中走出来了。他内心十分平静，已没有任何波澜，事业也小有所成。在结束了一段繁忙的工作之后，李远给自己放了一段小长假。

李远拿起背包，去他和叶梦影曾经走过的地方旅行。他想为这场漂洋过海又同甘共苦六年的恋情忏悔，向过去忏悔。

走在熟悉的路上，李远不禁生出一种草木依旧、物是人非之感。

当年他和叶梦影一起携手走过，夕阳下留有他们那么多美好的回忆。两人相互追逐着、互相嬉戏着，说着各种柔情蜜意。

那是怎样一段刻骨铭心的过往啊！

而如今他却形单影只，孤身一人。

脑海里浮现曾经的各种温馨画面，耳畔似乎又在回响当年两人的誓言：山无陵，江水为竭。冬雷震震，夏雨雪。天地合，乃敢与君绝。

多么美好的誓言，多么美丽的青春年华，多么青涩的爱情啊。只可惜现实结局是这么的残忍，生生折断了曾经美丽爱情的双翼，生生摧毁了他的幸福。

那段青春年华很美丽，却也短暂，就像漫天飞舞的烟花，有着倏忽即逝的极致绚烂。

成长需要过程，成熟需要磨炼。不管结局如何，他曾经也倾尽所有地爱过。在那段已逝的爱情中，他也有很多的成长，学会了如何荣辱与共，学会了如何去体谅。

他在年少时期遇到过最美的人，时间会给予感情最珍贵的回忆。

李远想，这就足够了吧。

经过两年时间的沉寂，李远看淡了许多，也释怀了许多，不再执着于当初那段感情了。他虽有不甘，但没有怨言。只是此情此景之下，他有无限感慨。

人生前二十年无论如何都是最幸福的，尽管什么都没有。往后余生，个体终将承受责任，痛苦，命运。轮到习惯了索取的我们，去牺牲一些东西了。

细数和叶梦影在一起的那些过往，有甜蜜的，有悲伤的，也有无奈的。对于李远而言，那些永远是珍贵回忆，是青春烙印。

李远缓缓走在湖边。杨柳丝垂落而下，夕阳的余晖倒映在波光粼粼的湖面上。一切看上去是那么的静谧安详。

李远定定欣赏周边景色，忽然间，他的视线被一道熟悉的身影定格了，那道身影朝他越走越近。

是，叶梦影！

叶梦影推着婴儿车，在夕阳下散步，她脸上洋溢着幸福笑容。

叶梦影头发高高盘起，身材和脸庞比从前圆润了一些。她看上去已经没有了当年的傲气，相反，身上多了几分温柔亲切气息。

岁月磨平了叶梦影青春年少时的意气风发，赋予了她一份成熟女人的魅力。

而这时，叶梦影也看到了李远，在抬眸与李远对视的瞬间，叶梦影微愣了片刻，眼神中有那么刹那间的恍惚。

两年未见，他们再次重逢之后，彼此间竟有一种经年旧梦之感。

而后，千言万语都变成了一句——“你过得，还好吗？”李远问道。

他对当年的那份感情已经放下了。只是，即便爱情不再，也有故人之谊。

“嗯，我过得很好，很开心，很幸福。”叶梦影柔声回答。她目光澄澈，浑身上下被幸福笼罩着，没有半点怨恨。面对李远的出现，她除了片刻惊讶，更多的是心如止水。

“看到你过得这么幸福，我也很欣慰。”李远真诚说道。他对爱情可以释然，但对自己曾经给叶梦影带来的伤害，依然心存愧疚。

他虽然当初没有陪伴在叶梦影身旁，可也知道自己提出的分手，会对当初心性清高的叶梦影，带来多么巨大的伤害。

他很想对叶梦影弥补些什么，可不知如何开口。更何况如今两个人的身份已经发生了变化。他单身未婚，她嫁作人妇。他怕自己的贸然关心，会给叶梦影带来麻烦。

此时的叶梦影并不知李远的想法，或者说，她根本不在乎李远的想法了。同李远简单寒暄了几句后，她便推着婴儿车，继续在夕阳下散步。李远于叶梦影而言，只是曾经人生中的一个过客。

她和李远就是两条平行线，此生再不会有过多交集。往事早已谢幕。

目睹叶梦影离去的身影，李远唏嘘不已。他很想当面再和叶梦影说声对不起，只是话到嘴边，终还是无法开口，只能悄悄咽回去。

李远也为这场逝去的爱情无奈叹息。如果时间真的错位，如果可以重来一次，他还是会选择认识叶梦影，并且，义无反顾。

花有重开日，那段轰轰烈烈的青春爱情，却已经烟消云散，一去不复返了……

李远和叶梦影的故事多少还是有些遗憾，让人意难平。他们出现在彼此最美丽宝贵的青春年华中，曾经相知相爱，又都那么才华横溢，本该是天造地设的一对璧人。

可是因为现实的压力，因为经济上的困顿，还有彼此年少时的傲气，使得这份曾经最真诚、青涩的爱情出现了裂痕，最后走向破灭。

按照戏剧程式，这样的男女主肯定最后都事业有成，生活美满幸福。只可惜生活不是戏剧，没有那么多人为设定，也没有那么多圆满结局。

现实总是那么残忍无情，摧残着年轻人的理想和爱情。太多的年轻人不甘于现状，却又无力改变，一直在苦苦挣扎着，从并肩前行到殊途陌路，最后上演着一场又一场的爱情悲剧。

李远和叶梦影并不是个例。一对又一对类似的情侣，都在最穷的年纪遇到了最想陪伴一生的人。可无数人在现实面前屈服，被生活捆绑成了他们曾经最讨厌的样子。

这是最让人感慨和无奈的结局。也是“90后”一代人从农村向城市靠近、漂泊于深圳这个繁华大都市里的真实写照。